T0243886

CARLOS CUAUHTÉMOC SÁNCHEZ

Sangre de Campeón 2

NACISTE PARA SER GRANDE

DIAMANTE
LIBROS QUE DEJAN HUELLA

ISBN 978-607-69709-1-1

Derechos reservados:
D.R. © Carlos Cuauhtémoc Sánchez. México, 2024.
D.R. © Ediciones Selectas Diamante, S.A. de C.V. México, 2024.
Privada de Santa Rita 13. Colonia San Juan Bosco, Atizapán, Estado de México CP 52946
Miembro 2778 de la Cámara Nacional de la Industria Editorial Mexicana.
Tels. y fax: (55) 55-65-61-20 y 55-65-03-33
Lada sin costo: 01-800-888-9300 EU a México: (011-5255) 55-65-61-20
y 55-65-03-33 Resto del mundo: (0052-55) 55-65-61-20 y 55-65-03-33
Correo: informes@esdiamante.com - ventas@esdiamante.com

Ilustraciones trabajadas por el equipo de Grupo Editorial Diamante, con parámetros elaborados en Copilot.

carloscuauhtemoc.com
editorialdiamante.com

IMPRESO EN MÉXICO / PRINTED IN MEXICO
Esta obra se terminó de imprimir en abril de 2024 en los talleres de:
Quitresa Impresores S.A. de C.V., Goma No. 167,Col. Granjas México,
C.P. 08400, Iztacalco, CDMX.

ESD 1e-91-1-M-3-04-24

ÍNDICE

LA DIRECTORA

UN CAMPEÓN NO SE QUEDA CALLADO

Estaba nervioso. La directora de nuestra secundaria me llamó al frente. Había muchas personas viéndome: todos mis compañeros y algunos padres invitados. Los míos en primera fila.

—Ya conocen a Felipe —dijo la directora—, él escribió una historia que les va a presentar. Pronto estará disponible en Internet, para que la puedan leer.

Me dio el micrófono. Pasé al centro del escenario. Las piernas me temblaban.

—Yo... yo —dije titubeando—, escribí un blog que voy a seguir trabajando hasta convertir en libro. Basado en hechos reales. ¿Se acuerdan de... —iba a decir el nombre de Lobelo, pero no quise verme como acusón—... un compañero que nos molestaba mucho el año pasado? Él tenía un perro Rottweiler. Hizo que su perro me mordiera en frente de mis compañeros en una fiesta. Casi me mata. También, un día, me encerró en el sótano de la escuela y pasé toda la noche ahí en la oscuridad.

Mis amigos me observaban con los ojos muy abiertos; algunos sabían bien la historia. No quise contarles que el papá de Lobelo, un hombre malo, le enseñó a su hijo a robar y que la policía lo detuvo.

—Pero cuéntales más, Felipe —dijo la directora—. Yo ya leí tu historia y en ella platicas que conociste a un ángel.

Se escuchó un fuerte murmullo.

—Sí, bueno, creo —titubeé—. Conocí a una joven muy bonita que me dio consejos—, los murmullos se convirtieron en silbidos—. Se llamaba Ivi. Pensé que era una persona, pero después me di cuenta de que era algo más.

—Un ángel con alas —gritó alguien, burlándose.

Me quedé mudo. Si seguía hablando, se mofarían de mí. Nadie me iba a creer.

—Bueno —revelé los nombres—, Lobelo y su papá quisieron hacerme daño. Pero Ivi y sus amigos me protegieron.

Hubo carcajadas y cuchicheos. La directora trató de calmar a mis compañeros. Bajé del estrado y fui a sentarme junto a mi papá. Me palmeó el brazo.

—Lo hiciste bien.

No era cierto. Lo hice terrible. Cuando todos los alumnos regresaron a sus salones, la directora nos pidió a mis papás y a mí que pasáramos con ella a su oficina. Ahí nos dijo:

—Felipe. No te sientas mal. Es mucho más fácil burlarse, como ellos lo hacen, que atreverse a escribir una historia y publicarla. Yo la leí y me gustó. Eres muy joven y ya estás haciendo cosas importantes. Además, para ti, todo lo que escribiste es verdad y eso es muy bonito.

Su comentario estaba cargado de duda.

—¿Usted también cree que mi historia es una fantasía?

—No importa lo que yo piense. Si para ti es real, entonces lo es.

—Es real.

—Pues no te avergüences, Felipe. A los jóvenes no les gusta decir lo que les pasa y lo que piensan, porque le tienen miedo al rechazo. Tú no. ¡Y eso vale oro! Si tienes algo que decir, no te quedes callado. A ver repite conmigo. Tengo algo que decir, no me quedaré callado.

Ella también daba clases y le gustaba hacer esos ejercicios de participación con sus alumnos. Repetí:

—Tengo algo que decir, no me quedaré callado.

—¡Muy bien! ¡Siempre expresa tus pensamientos, sentimientos, y derechos! Tu historia es poderosa, Felipe. Me gusta mucho que seas un joven que piensa cosas profundas y se atreva a decirlas... vas a llegar muy lejos.

—Gracias, directora.

Nos despedimos y caminamos hacia la salida de la oficina. Antes de que nos fuéramos la maestra nos preguntó:

—¿Ya saben que Lobelo regresó?

Nos detuvimos en seco. Mi mamá giró y dijo:

—¿Cómo? —hizo memoria—. A ver. Cuando metieron a su papá a la cárcel, Lobelo se fue con su mamá a otra ciudad.

—Pues el muchacho no quiso permanecer con ella. Y escapó; trabaja lavando coches en un local. También su papá escapó de la cárcel. Pensé que debían saberlo...

Nos quedamos helados. Después de unos segundos, mi padre comentó:

—Gracias por decirnos —frunció los labios—, ellos son un peligro para nuestra familia. Casi matan a mi esposa y a mi hijo —pensó—. Si andan cerca, tal vez quieran vengarse...

La directora nos tranquilizó.

—No creo que el papá de Lobelo se aparezca. Es un prófugo... El que sí está muy cerca es el joven Lobelo.

—Seguramente está muy resentido.

—Necesitamos hablar con él —dijo mi mamá—, hacer las paces. No podemos vivir escondiéndonos.

—Sí —dijo mi papá—. Lobelo sabe dónde vivimos. Si quiere hacernos daño, nos encontrará. ¿Dice que trabaja lavando coches?

—Ahí lo vi —contestó la directora—, llevé mi auto y lo vi. Nos saludamos. Se veía sucio, descuidado y enojado.

Mi padre dijo:

—Vamos a verlo.

EL AUTOLAVADO

UN CAMPEÓN SABE PONERSE EN LOS ZAPATOS DEL OTRO

El autolavado parecía un terreno abandonado. Las paredes pintadas de gris descolorido se veían polvorientas y sucias. Un letrero rojo opaco decía "Lavamos su coche en diez minutos".

Un joven alto, desaseado, nos hizo señas para que entráramos al terreno.

—¡Ahí está! —dije—. ¡Es Lobelo!

Se acercó a nosotros y tocó el cristal del coche para que bajáramos la ventana. Mi papá le preguntó:

—¿Cuánto cuesta lavar el coche?

—Depende —dijo—, tenemos tres paquetes... —se detuvo; me miró, luego vio a mi mamá.

—Hola —lo saludé—, ¿cómo has estado, amigo?

Lobelo me miró con coraje repentino.

—Yo no soy tu amigo.

—Queremos hablar contigo —dijo mi papá.

—¡Lárguense!

Dio la vuelta y se fue. Antes de esconderse, habló con un hombre a lo lejos.

Mamá se puso nerviosa.

—Vámonos de aquí.

—Sí —dije—. Lobelo y su papá tenían armas. Qué tal si ese hombre nos ataca.

—Tranquilícense.

El señor con el que Lobelo estuvo hablando se acercó.

—Buenas tardes —nos saludó—. Soy el dueño del negocio. ¿En qué les puedo servir?

—Venimos a lavar el auto.

Nos miró con desconfianza. Era un hombre de mediana edad, con una barriga prominente y las manos marcadas por años de trabajo duro.

—Mi empleado dijo que ustedes lo agredieron.

—De ninguna manera. Cuando lo identificamos, le dijimos que queríamos hablar con él. Lobelo. ¿Es su empleado? ¿Usted lo conoce bien?

—Más o menos.

—Puede ser peligroso.

—¿Ahora qué hizo?

Hubo silencio.

—¿Podemos hablar mientras nos lavan el coche?

—De acuerdo. Bajen y siéntense ahí —señaló unas bancas de hierro pegadas a la pared.

Obedecimos. Llevó nuestro auto a la zona húmeda donde lo entregó a otros jóvenes. Regresó.

—¿Quieren una botella de agua?

—No gracias —dijo papá.

—¿Por qué dicen que Lobelo es peligroso?

Me atreví a hablar.

—El año pasado fue mi compañero en la escuela secundaria. Me atacó varias veces. Quiso robar nuestra casa. Asaltó a unos ancianos. Él y su papá usaban pistola. Les gustan las armas.

El dueño del negocio suspiró como si estuviera llevando un gran peso sobre sus hombros.

—Entiendo. Lobelo es un muchacho muy problemático; conozco a su madre. Ella me pidió ayuda. Por eso lo tengo aquí. Le di un lugar para hospedarse. Cuida el local. Es mi velador. Duerme en ese cuartito; ahí donde se fue a encerrar.

—¿Puedo verlo? —pregunté—, quisiera hablar con él.

—¿Tiene armas? —cuestionó mamá.

—No —dijo el dueño del negocio—. De eso sí estoy seguro.

—Ve —autorizó mi padre.

Caminé despacio hacia la casita de lámina. Me asomé detrás de ella. Ahí estaba mi antiguo compañero antes bravucón, ahora sucio y maloliente. Me descubrió.

—Felipe Malapata —murmuró.

Un escalofrío recorrió mi espalda al recordar el apodo que me puso.

Estaba sentado en el suelo terregoso recargado en la pared de lámina. En el lugar no había muebles, solo una pila de cajas de cartón.

—¿Qué te pasó, amigo?

—Ya te dije que yo no soy tu amigo, Malapata. ¡Y sabes muy bien lo que me pasó!

Sentí una combinación de miedo y tristeza. ¿Cómo sería vivir así, solo, en un cuarto de lámina y tierra, cuidando un terreno sucio en el que se lavan autos?

Volteé hacia mis padres. Ellos me miraban fijamente desde lejos. Pensé en lo afortunado que yo era. Tenía una familia que me quería, amigos que me apoyaban y la oportunidad de contar mi historia a través de unos escritos que pronto publicaría. Pero Lobelo, ¿qué tenía él? Después de ser mi compañero más rico y envalentonado lo había perdido todo. Sentí compasión por él. Solo de pensar en ponerme en sus zapatos, me dieron ganas de ayudarlo.

—¿Qué haces aquí, Malapata?

—Nada.

Pensé: *un campeón ayuda al que se cae; no se burla, no lastima al lastimado.* Entonces lo vi sonreír con malicia. Susurró una palabra oscura:

—Titán...

Detrás de las cajas se movió algo. Un perro negro, encadenado; el mismo Rottweiler imponente que un año atrás me atacó y me mordió todo el cuerpo. El terror me paralizó. Yo

estaba traumado. Desde que me atacó no soportaba a los perros. Sobre todo, a los negros. Aunque estaba más flaco, se puso a ladrar como desquiciado. Lobelo lo detuvo.

—Calma, Titán. Ya conoces a Malapata —pero mientras le hablaba le quitó la cadena.

Di un paso atrás. El perro ladraba enloquecido. Eché a correr. Lobelo lo soltó; lo sentí detrás de mí.

En mi torpe carrera tropecé y caí de cara.

—¡No lo muerdas! —gritó Lobelo.

El perro me alcanzó listo para despedazarme, pero se quedó ladrando a unos centímetros de mi cara. Sentí su aliento caliente y sus gotas de saliva en la mejilla.

Mis padres y el dueño del local corrieron a rescatarme.

3

LOS ABUELOS

UN CAMPEÓN DEMUESTRA GRANDEZA HUMANA

El Titán regresó con su dueño.

Recordé cuando ese mismo animal me mordió por todo el cuerpo y terminé orinándome ante las carcajadas de mis compañeros de clase.

Temblando, subí al auto recién lavado. Me acurruqué escondiendo la cara entre las rodillas. Solo quería irme de ahí. Arrancamos.

No hablé durante el resto de la tarde. Llegué a casa y me encerré en mi cuarto. Luego escuché que teníamos visitas. Tal vez algunos amigos de mis padres. Gente extraña. No quise salir. Me metí a bañar. En la noche, mamá tocó a mi puerta.

—Tienes que venir a saludar, Felipe. ¿Sabes quién llegó?

Salí de mi cuarto y bajé las escaleras. Me encontré con una gran sorpresa. Los visitantes no eran gente extraña. Eran mis queridos abuelos. ¡Y Steffi!

Nos saludamos con muchos abrazos. Luego nos sentamos a la mesa a cenar. Me puse un poco nervioso. Steffi, la hija adoptiva de mis abuelos, ocupaba un lugar especial en mi mente. Era una chica amable y valiente. A pesar de haber quedado huérfana, siempre tenía una sonrisa en su rostro. Me abrumaba su seguridad.

—¿Cómo has estado, primo? —no era mi prima; ni siquiera éramos parientes, pero ella me decía así.

—Bien, prima. Hoy presenté mi blog en la escuela. La directora dice que voy a llegar muy lejos.

—¡Pero a Felipe le pasó algo terrible! —acusó mi hermano Riky—, fueron a hablar con Lobelo, el excompañero molestón, y el malvado le aventó a su perro que casi lo muerde otra vez.

Miré a Riky con coraje. De seguro mis papás le platicaron. Traté de salir del atolladero:

—Sí. El perro casi me muerde otra vez; sentí su aliento y su saliva en la cara —quise notarme tranquilo—. No le tengo miedo —carraspeé; agaché la vista—, bueno —admití—, le tengo un poco de miedo… Pero no pasó nada. En esta familia somos guerreros.

Rik puso una mano sobre mi espalda. Se dio cuenta de que me había metido en aprietos frente a Steffi.

—Tú eres muy valiente, hermano. Yo te admiro.

Asentí. Antes, no me llevaba bien con Rik. Yo solía tener celos de él porque era rubio y mis padres lo consentían, pero desde que se recuperó de esa horrible enfermedad que casi lo mata, nos habíamos vuelto muy unidos.

—Pasado mañana, domingo, es el cumpleaños de Rik —dijo papá—. Por eso vinieron los abuelos y Steffi. Vamos a hacer una gran fiesta —no solo estábamos conmemorando su cumpleaños, sino que desde un año atrás, la leucemia desapareció de su sangre—. En esta familia somos valientes y guerreros; celebramos todos los días que estamos bien.

Mamá sirvió de cenar. Me invadió una alegría extraña. Amaba mucho a mis abuelos. Papás de mi mamá. De hecho, no parecían abuelos. Aunque él tenía la barba y el cabello casi blancos, ambos eran delgados, atléticos, vivaces, enérgicos, entusiastas y llenos de historias. Además, allí, al lado de ellos, estaba Steffi. Mi amiga del alma con la que me pasaba horas chateando. Aunque no la veía desde el cumpleaños anterior de Riky; ahora parecía más bonita y alta.

—Estoy un poco triste por mi compañero Lobelo —confesé—, me impactó verlo tirado en el suelo de tierra, con la ropa rota. ¿Por qué razón a unos jóvenes nos toca vivir con una familia maravillosa y a otros les toca vivir solos, sin nada, con la única compañía de un perro?

—Pues deberíamos ayudar a ese joven —dijo el abuelo—. La grandeza humana se demuestra con el amor. Ayudando a los demás, incluso a costa de nuestro propio beneficio. Martín Luther King dijo que todas las personas pueden ser grandes porque todas pueden servir. Para servir no hace falta un título universitario. Solo se necesita tener un buen corazón.

Mis padres y yo intercambiamos miradas. ¿Ayudar a Lobelo?

—¿Qué sugieres? —preguntó la abuela.

—Hay que llevarle algo de ropa; zapatos, no sé... debemos ser amables con la gente que está en desgracia —parpadeó varias veces como si tuviera un pensamiento de dolor—. Pienso mucho en mi hijo Max. No sabemos dónde está. A Max le rompieron el corazón. Cayó en una terrible depresión. Y se fue. Nadie sabe adónde. Lo hemos buscado por todos lados. Pienso que, igual que Lobelo, Max pudiera encontrarse durmiendo solo en un suelo de tierra, y no creo que tenga un perro que lo acompañe.

Una atmósfera densa de melancolía se apoderó del ambiente. En mi familia había pasado algo muy raro cinco meses atrás. El hermano menor de mi mamá había desaparecido. Como tenía problemas de depresión, temíamos lo peor.

—A propósito —dijo la abuela—, la fiesta de Rik es el domingo. Nosotros nos regresamos al pueblo el lunes. Pero queremos pedirles permiso para que Felipe y Rik nos acompañen un par de semanas. Ya salieron de vacaciones. Mi marido y yo vamos a hacer un *retiro juvenil de carácter* en el bosque. Queremos invitar a los jóvenes del pueblo a acampar, planeamos hacer con ellos dinámicas divertidas. Nos encantaría que Rik y Felipe participen.

Volteé a ver a mis padres. Papá asintió. Nos dio permiso. Mi hermano y yo celebramos. Vi de reojo que también Steffi aplaudía. Tragué saliva. Iba a pasar dos semanas cerca de ella.

Nos pusimos de pie después de cenar y nos dimos las buenas noches.

Cuando nadie nos veía, Steffi se acercó y me habló al oído.

—¿Vamos mañana a ver a Lobelo? Tú y yo solos. Como jóvenes podemos platicar con él y hacer las paces. Llevémosle algunos regalos. ¿Qué te parece?

—De acuerdo. Nos vemos aquí temprano —le dije—. A las ocho.

4

LA CASA HOFFMAN

UN CAMPEÓN ENSEÑA CON SUS ACTOS

No pude dormir bien. Soñé con Lobelo. Durante la noche se repitió en mi mente la frase *podemos ser grandes porque podemos servir*.

A la mañana siguiente bajé las escaleras y me encontré a mi prima. Estaba muy guapa, recién bañada, con ropa deportiva.

—¿Listo?

—Sí. Pero hay que llevar algo. Dijeron que podíamos regalarle ropa y zapatos a Lobelo. Solo que él es más grande que yo. Mi ropa no le va a quedar. Así que tomé dinero de mis ahorros —le enseñé una bolsita con billetes—, le voy a regalar esto.

—Increíble, Felipe. Tienes un gran corazón. ¿Y si le llevamos algo de comida, también? ¿Crees que tu mamá se enoje si tomamos cosas de la alacena?

—Vamos a hacerlo.

Llenamos una bolsa con víveres y preparamos sándwiches.

—¿Quieres que pidamos un taxi? —le pregunté.

—No —dijo—, me encanta hacer ejercicio. Yo acostumbro correr en el bosque por las mañanas.

—Aquí no hay bosque.

—Ya lo sé, tonto —me tomó del brazo—, vamos.

—Son como tres kilómetros.

—Y tres de regreso, seis. Está perfecto, primo.

Me asustaba que tuviera más energía y entusiasmo que yo. Emprendimos la caminata. Casi de inmediato habló de mi escrito:

—Leí la historia que me mandaste. Ya te había felicitado. Pero necesito decirte algo que no me atreví a decirte por email; es sobre ese ángel que te visitó y te daba consejos.

Me puse un poco tenso; ¿acaso se burlaría, como mis compañeros?

—Tú sí me crees ¿verdad, prima?

—Sí. Solo que la historia de Ivi, al principio me fascinó y luego me dio mucha rabia.

—¿Por qué?

—Ya sabes… yo perdí a mis papás; y… he llorado mucho por eso. Al leer tu escrito me preguntaba por qué un ángel, o varios, se comunicarían contigo para decirte tantas cosas y a mí me dejarían en el olvido, huérfana, sola.

Tardé en contestar.

—Quizá los ángeles también se comuniquen contigo algún día.

—Lo dudo.

Pateé una piedrita del camino.

—Nunca me has contado por qué quedaste huérfana.

Ella se veía triste.

—Cuando mis padres murieron yo tenía siete años. Éramos muy unidos. Íbamos a todos lados juntos. Yo los vi morir. Fue algo muy horrible.

—¿Qué les pasó?

—No quiero hablar de eso, Felipe.

—Lo siento.

—Ayer en la cena dijiste —aclaró—, que a unos les toca vivir en una familia maravillosa y a otros les toca vivir solos, sin nada, con la única compañía de un perro. La vida no es justa.

—Tú tienes una familia, Steffi. No es tu familia original, pero mis abuelos te adoptaron y te aman.

—Sí. ¡Y yo los amo! Mis padres adoptivos son increíbles —pensó en voz alta—; enseñan con acciones; en vez de decirme *llega temprano*, son puntuales; en vez de hablar sobre bondad y respeto, son respetuosos y bondadosos. Ellos dan buen ejemplo en la vida, porque, claro que hablar bonito y dar discursos es fácil, pero demostrar bondad, honestidad y nobleza con hechos es otra cosa. Tus abuelos me han enseñado a obedecer reglas, a ser responsable, a perdonar, a apoyarnos en las buenas y en las malas. Pero tienen un problema. Solo uno.

Lo adiviné.

—Su hijo, Max...

—¡Exacto! Todos los días están preocupados y ocupados en buscarlo. Viven con miedo de recibir una mala noticia. El recuerdo de Max los marchita un poquito cada día.

—No deberías sentir celos de Max.

—¡Claro que no! Yo quiero mucho a Max. Técnicamente es mi hermano. El problema es que no me dejan ayudar a buscarlo. Cada vez que trato de opinar sobre cómo podríamos encontrarlo, me hacen a un lado. Me dan a entender que ese tema no me incumbe. Y entonces pienso que no pertenezco a su verdadera familia. Y me siento huérfana otra vez.

Lo entendí. La vida de mis abuelos se trastornó cuando su hijo menor desapareció. Y aunque Steffi no trataba de llenar ese vacío, necesitaba formar parte de él. Quise tocarla, como en un gesto de apoyo. No lo hice. Pregunté:

—Y ese *retiro juvenil de carácter*, ¿qué es?

—No tengo la menor idea. Se les ocurrió hace poco. Quieren ayudar a los jóvenes; así es como, de alguna manera, se sienten menos tristes por la pérdida de Max.

—¿Van a ponernos algún tipo de reto?

—Seguramente. Me encanta la idea de acampar en el bosque y hacer cosas con ellos. Sé que será divertido.

A Rik y a mí nos gustaba ir al pueblo de los abuelos, con su río, su bosque frío, sus campos de juego y su gente amable. Y el plan de acampar me entusiasmaba. Solo había algo que no me gustaba. La leyenda de un lugar embrujado entre los árboles que siempre nos acechaba por las noches.

—¿Y la Casa Hoffman? —pregunté—, ¿todavía existe?

—Sí. Nadie va ahí.

—¿Y es cierto que hay fantasmas?

—Eso dicen de todas las casas abandonadas.

—Sí, sí, pero tú me platicaste que esa construcción está en un lugar donde no debería estar. En las profundidades del bosque. Y que tiene una maldición. Que en su sótano se ocultan sarcófagos con vampiros. ¿Es cierto?

—La Casa Hoffman está muy lejos. Nunca hablamos de ella. Todos en el pueblo la ignoran. Ni siquiera la mencionan. Y ya nos olvidamos de que existe.

—A mí me gustaría conocerla. Solo por curiosidad. ¿Tú has ido?

—Sí. La he visto de lejos. Jamás he entrado. Según se cree, todos los que se meten ahí se vuelven locos o les pasa algo peor —su rostro era serio. Parte de ella creía que eso era verdad. Un escalofrío recorrió mi espina dorsal—. ¿Tú crees en los fantasmas, Felipe?

Mi piel seguía erizada. Steffi era una chica muy inteligente. Las supersticiones no iban con ella. Jamás me preguntaría algo así a menos que... completó:

—Yo he visto sombras que se mueven en las ventanas de ese lugar.

—Los fantasmas no existen —aseguré—, son ángeles o demonios.

—Pues en esa casa hay.

—Oh.

Guardamos silencio unos minutos. Luego cambió el tema de la charla y me retó.

—Corramos. Vayamos a ver a Lobelo.

MALABARISTA EN EL SEMÁFORO

UN CAMPEÓN ENFRENTA SUS TEMORES

Cruzamos calles congestionadas a toda velocidad y llegamos a la avenida principal del autolavado. Justo en la esquina había un semáforo con muchos autos esperando la luz verde.

Me quedé sorprendido.

—¡Mira, prima! —le dije—. ¡Ahí está Lobelo!

En frente de los coches un joven hacía malabares con botellas de refresco vacías.

Lo observamos desde la banqueta. Era bueno lanzándolas al aire.

Terminó los malabares y buscó las monedas que algunos conductores le aventaron. El semáforo cambió a verde, luego a rojo, y la rutina comenzó de nuevo. Lobelo podía hacer girar en el aire cinco botellas al mismo tiempo. En la cuarta repetición, me vio. Su mirada se posó en mi rostro. Una botella se le cayó al piso y se rompió. Dijo una grosería.

Caminó hacia el autolavado y se escondió detrás del portón.

—Vamos a hablar con él —dijo Steffi.

—No. De seguro fue por su perro. Eso hizo ayer. Lo soltó para que me atacara.

Ella caminó decidida. Yo me quedé atrás. Se detuvo en la entrada del autolavado. La alcancé. Vimos que Lobelo había recogido otras botellas y estaba practicando sus malabares antes de salir de nuevo al semáforo.

—Lobelo —lo llamó Steffi—, ven.

Tomó sus botellas y se acercó.

—¡Felipe Malapata! ¿Qué haces aquí? ¿Qué quieren?

—Yo... este... ella se llama Steffi —dije—, es mi prima. Bueno, en realidad es mi tía —reí nervioso—, hija adoptiva de mis abuelos maternos.

No le importó la genealogía. En cambio, coqueteó:

—Mmh, qué tía tan joven y bonita.

—Te trajimos algo de comer —dijo Steffi.

Abrí la mochila. Saqué un par de sándwiches envueltos en papel aluminio; se los extendí. Los agarró con ambas manos. Se los comió a toda velocidad. Pensé que se ahogaría. Le alcancé una botella de agua. Se la empinó sin respirar. Limpió su boca con el antebrazo.

—Gracias, Malapata.

Quise decirle que me apenaba mucho verlo así, viviendo ahí.

—En lo que yo te pueda ayudar —le dije—, cuentas conmigo.

—Malapata, malnacido —balbuceó—. Por tu culpa estoy aquí. Tú me denunciaste. Denunciaste a mi papá. Lo perdí todo gracias a ti.

—No... no... digas... —quise rebatir; me trabé—, no digas eso. Tú y tu papá hacían cosas malas... iban dejando mucha gente lastimada por todos lados. Yo solo traté de defenderme.

—¡Cállate! —Lobelo silbó y su perro corrió hacia él desde el cuartucho de lámina.

Retrocedí con terror. Lobelo se carcajeó.

—No hace nada. ¿Verdad que no haces nada, Titán?

Steffi se adelantó y lo acarició; el perrote reaccionó moviendo su rabo cortado.

—Ven, primo, tócalo.

No pude moverme. Estaba paralizado. Alguna vez leí que para enfrentar los temores hay que avanzar. Atrevernos poco a poco a hacer lo que nos asusta. Si nos caemos de la bicicleta sentiremos miedo de volver a subirnos. Pero no podemos quedarnos paralizados y negarnos a intentarlo. Siempre hay que volver a tomar la bicicleta y empezar de nuevo. Si le tenemos miedo a las arañas, no podemos gritar y huir cada vez que vemos una. Al contrario. Hay que estudiarlas, conocerlas y acercarse poco a poco hasta familiarizarse con ellas. Le tenemos miedo a lo que no conocemos, a peligros que a veces no existen o la mente exagera. Pero el miedo nos convierte en personas débiles, quietas, escondidizas. Yo lo sabía. Para ser fuertes debemos levantarnos y enfrentar los temores poco a poco hasta dominarlos.

Con el aliento contenido, me acerqué despacio; sentía que el corazón se me salía del pecho. Toqué al perro. Gruñó. Retiré la mano.

Lobelo volvió a carcajearse, pero luego tuvo un gesto amable.

—Vuelve a intentarlo, Malapata —y le habló al perro—. ¡Titán! ¡Quieto! Felipe es amigo.

Acaricié al perro de nuevo. El animal entrecerró los ojos en son de paz.

Me conmovía que la fiera se hubiese comportado así, y sobre todo que Lobelo me hubiera llamado *amigo*.

—Gracias.

—Gracias a ustedes por la comida.

Quise darle el dinero que traía. No me atreví. En vez de eso lo invité:

—Mañana va a haber una fiesta en mi casa para celebrar el cumpleaños de Riky. Si quieres ir, te esperamos.

—El cumpleaños de Ricardito—se quedó callado como si le hubiese venido a la mente una idea mala; tal vez pensó en hacerle daño a mi hermano para vengarse de mí. Me arrepentí de haberlo invitado.

—Ven a la fiesta —insistió Steffi—. Te voy a presentar a mi papá. A él le gusta ayudar a los jóvenes.

—No lo creo —contestó Lobelo—. Mi perro y yo tenemos que cuidar el changarro. ¿Verdad, Titán? —Le dio una palmada al perro para que se fuera al refugio de lámina. Lobelo tomó sus botellas de cristal—, y yo tengo que trabajar.

Regresó al semáforo a hacer malabares. Estuvimos un rato viéndolo aventar las botellas al aire.

—Seguramente sí va a ir a la fiesta de Riky —me dijo Steffi. Contesté:

—Ojalá que no.

LA FIESTA DE RIK

UN CAMPEÓN SE AMOLDA A LOS NUEVOS RETOS

La fiesta de mi hermano comenzó temprano. Llegaron muchos amigos de su escuela.

Mis papás habían adornado con globos y listones. Un aluvión de colores alumbraba los sentidos.

Mi hermano cumplía diez años, pero se sentía de quince. Él y sus amigos platicaban. Ya no corrían ni jugaban a las escondidas como antes.

En ese ambiente de alegría, sonó el timbre de la puerta principal. Mi papá fue a abrir. Lo vi hablando con alguien. Volvió a cerrar la puerta y se giró para buscarme.

—Felipe, ven —me acerqué a él—. Afuera está Lobelo. Dice que tú lo invitaste.

—S... bueno... sí. Fui a verlo. Perdón. No te dije.

—¿Fuiste a verlo? ¿Cuándo?

—Ayer. Steffi me acompañó. Le llevamos algo de comer. Y él nos agradeció. Hasta me enseñó a acariciar al Titán.

—¿Por qué no me contaste?

—Lo siento. Debí hacerlo.

—Su perro se queda afuera.

—Claro. Por favor, que no entre.

En la calle escuché el ruido de unas motocicletas que pasaban. Me acordé cuando Lobelo llegaba a mi casa dando acelerones a su cuatrimoto. Lo vi entrar. Me tranquilizó verlo caminar jorobado, con inseguridad. Ya no era el joven arrogante y altanero. Lo invitamos a unirse a la fiesta, aunque todo en él parecía fuera de lugar. Se sentó en una mesa apartada. Intenté ser un buen anfitrión, pero nuestras conversaciones eran como el eco de una amistad que no existía: breves, forzadas, llenas de silencios incómodos.

Mi abuelo se acercó.

—Te presento a Lobelo —le dije—; es mi compañero que ahora trabaja en un autolavado.

Volteó a verme con enojo. No le gustó que lo presentara así. Mi abuelo se dio cuenta.

—No tiene nada de malo trabajar en un autolavado.

Se sentó junto a él y empezaron a platicar.

Steffi me veía de lejos con una rebanada de pastel en la mano, hizo una seña para que me acercara. Fui hacia ella. Me dijo:

—¡Llegó! ¡Es increíble!

—Sí. Qué miedo.

Mi madre organizó un momento íntimo para decir palabras de elogio a Rik y darle sus regalos. Steffi fue la primera en hablar. La admiré. Luego me pasaron el micrófono a mí; con nerviosismo felicité a mi hermano y le dije que lo amaba por su valentía. Hubo muchos oradores espontáneos. Sin embargo, el abuelo no se acercó, estaba concentrado platicando con Lobelo.

La fiesta terminó.

Quitamos la música. Rik, Steffi, papá, mamá, la abuela y yo hicimos limpieza. Luego nos sentamos a platicar sobre cómo había estado la fiesta. El abuelo se había ido con Lobelo a un rincón alejado del jardín. Los observamos. De pronto, Lobelo, el chico duro y agresivo se soltó a llorar, y su llanto no fue discreto; sollozó como un niño que ha perdido a su familia. Vimos al abuelo envolverlo en un abrazo como si quisiera darle el consuelo y amor que nunca había tenido.

La abuela comentó:

—Mi esposo es muy paternal con los jóvenes a los que ve confundidos. Quizá porque extraña mucho a Max. Hace cinco meses que no sabemos nada de nuestro hijo.

Mi madre comentó:

—Yo también he buscado a mi hermano. Hasta contraté a un investigador, que no logró ninguna pista. A Max parece que se lo tragó la tierra.

Hubo silencio. Ninguno quería mencionar la posibilidad más terrible. Que hubiera perdido la vida en un lugar remoto.

Steffi dijo:

—Papá se la pasa días y noches rastreando llamadas y buscando pistas en la computadora. Está desesperado por encontrar a su hijo perdido. Cuando quiero opinar o ayudar, me hace a un lado.

La abuela entendió el reclamo.

—No queremos transmitirte nuestra angustia, Steffi.

—¡Me la transmiten de todas formas! Y me siento excluida de las cosas importantes.

Steffi alcanzó la mano de su madre adoptiva. Ambas se miraron con tristeza. De pronto entendieron que en una familia los problemas de uno son los de todos, y que, cuando no se pueden resolver, juntos se deben adaptar. Si las personas nos adaptamos a nuevos retos, a nuevas formas de vida, a nuevas condiciones, aun las circunstancias que no entendemos, nos hacemos mejores personas.

El abuelo y Lobelo se pusieron de pie. Mi compañero se despidió de nosotros sin acercarse, agitando la mano. Salió de la casa. El Titán lo recibió en la calle, ladrando.

El abuelo llegó hasta nuestra mesa y se sentó, permaneció callado, luego suspiró y dijo:

—Lo invité al pueblo.

—¿Qué? —preguntó papá.

—Quiero que vaya al *retiro de carácter*. Va a pasar las próximas dos semanas con nosotros.

La noticia nos cayó como bomba.

Steffi y yo nos miramos con una mezcla de miedo y asombro.

Solo atiné a preguntar:

—¿Va a llevar a su perro?

—Sí. Se irá en la caja de la pickup, con las maletas.

Nadie se atrevió a protestar.

LA VACA

UN CAMPEÓN MANTIENE BUENA ACTITUD

El lunes a primera hora estábamos todos listos para viajar.

Lobelo llegó puntual. Traía una maleta de tela con ropa; lo acompañaba su fiel perro. El Rottweiler parecía calmado, pero emitía una autoridad que aún me causaba terror.

Nos despedimos de mis papás. En los asientos delanteros iban los abuelos y Steffi. En el trasero, junto a una ventana Lobelo; en medio, yo; mi hermano en la otra ventana, y atrás, en una caseta de aluminio, cerrada, el perro con las maletas.

Antes de arrancar, el abuelo volteó a vernos y nos dio unos cuadernillos. Explicó:

—Este viaje tiene un propósito. Van a aprenderse lo que dice este manual. Habla de las virtudes más importantes que debemos desarrollar. Dentro de unos días vamos a acampar en el bosque con otros jóvenes del pueblo en un *retiro de carácter*. Y vamos a trabajar sobre esto. Les doy el cuadernillo para que lo vayan estudiando.

Lo tomé y comencé a hojearlo.

—Gracias, abuelo —para mí era muy valioso.

Iniciamos el camino en la vieja Ford Lobo que había estado en la familia durante años. Su pintura azul descascarada era testigo de muchos viajes y aventuras.

Dejamos atrás la ciudad y nos adentramos en caminos rurales. Íbamos cantando. Ninguno presentía el problemón que se avecinaba.

Leí algunos párrafos del manual.

La vida no es fácil. Hay momentos alegres y tristes. Situaciones cómodas e incómodas. Mientras estemos vivos algo bueno va a pasar. Pero también algo malo.

La vida es como un sube y baja. A veces estamos arriba y a veces abajo.

Para ser felices y campeones, debemos mantener buena actitud en los momentos difíciles.

La actitud es el secreto de oro.

Quienes saben sonreír, mantenerse alegres y entusiastas cuando las cosas están saliendo mal, hacen que las cosas salgan bien.

Los que logran tener buena actitud en momentos difíciles, hacen que la vida sea mejor, contagian alegría y siempre les va bien.

Comenzó a llover. La carretera serpenteaba entre colinas. De pronto, las nubes se tornaron grises, y la lluvia se llenó de gotas gordas y pesadas. La tormenta estalló y la visibilidad se redujo a nada. Los faros de la vieja pickup apenas perforaban la cortina de agua.

Nos pusimos nerviosos. Antes de que sucediera el accidente tuve un presentimiento terrible.

Entonces pasó. Nadie lo previno.

A la salida de la curva más cerrada, en medio del camino, había una vaca. Una enorme vaca. La vimos aparecer de la nada obstruyéndonos el paso. Gritamos.

El abuelo frenó con brusquedad y dio un volantazo.

Creí que sería nuestro fin. Chocamos con la guarnición y la llanta delantera estalló. La camioneta se sacudió con violencia. Nos detuvimos. Afuera se escuchaban los ladridos del Titán.

—¿Están bien? —preguntó el abuelo.

—Mmh, sí —contesté con un gemido.

—¿Seguros? ¿Nadie se lastimó?

—Estamos bien —dijo Steffi.

La vaca cruzó la carretera despacio para llegar a la llanura. Pero nuestra camioneta había quedado atravesada en la curva. Teníamos que movernos rápido. Cualquier conductor podría estrellarse con nosotros. Llovía copiosamente. Había neblina. El abuelo encendió las luces intermitentes, salió y abrió la caseta de aluminio. El perro saltó y corrió. Lobelo fue tras él. Steffi, Rik y yo seguimos al abuelo. Nos dijo:

—Con cuidado, pongan señalizaciones en la carretera —nos dio dos linternas y un triángulo rojo con luces reflejantes—, vayan mucho más allá de la curva y pongan estas marcas. Dejen las linternas prendidas en el suelo apuntando hacia los autos que puedan venir. Mientras tanto voy a sacar la llanta de refacción.

Obedecimos. Las señales funcionaron. Los pocos autos que se acercaban a nosotros disminuían la velocidad y pasaban a nuestro lado a vuelta de rueda.

La lluvia caía en cascada. Estábamos empapados.

—¿Qué más hacemos, papá? —preguntó Steffi.

—La herramienta y la llanta de refacción están en la cabina. Vamos a meter las maletas a los asientos y evitar que se mojen.

Mi abuela también salió a ayudar. Me impresionó ver la concentración con la que trabajan Steffi y sus padres. Era algo fuera de lo normal. Mientras resguardábamos las maletas y sacábamos la herramienta, el abuelo decía frases animándonos.

—¡Vamos! ¡Enfocados y alegres! Este reto no nos va a vencer; aquí nos ocupamos, no nos preocupamos —sin que estuviera planeado, el *retiro de carácter* había comenzado; lamenté que Lobelo no estuviera con nosotros aprendiendo—. ¡Los problemas son desafíos que tienen solución! Mucha gente se llena de miedo y se paraliza cuando algo sale mal, pero nosotros nos movemos, actuamos, disfrutamos los retos. ¡Ya casi lo logramos! Muy bien. Gran trabajo. Ahora vamos a cambiar esa llanta.

El abuelo me pasó el gato y la llave de cruz. Aunque él podía hacer la maniobra, nos pidió a Steffi y a mí que la hiciéramos.

—Primero aflojen las tuercas.

Estaban muy apretadas. No pudimos. Nos ayudó. Luego fue guiándonos. En medio del caos, bajo la tormenta, encontramos una alegría rara. No éramos víctimas de la adversidad, sino protagonistas de nuestra propia historia, transformando un problema en aventura.

Lobelo regresó, refunfuñando. Metió a su perro empapado y enlodado encima de las maletas y se cruzó de brazos. Su semblante era de indiferencia y enojo. Cuando por fin terminamos cargué el pesado gato y la llave de cruz, me acerqué a mi compañero, le pedí que me ayudara a guardar la herramienta. No quiso agarrar el equipo y el engrane de la barra se deslizó sobre su mano haciéndole una herida. Dio alaridos estridentes como si un cuchillo lo hubiera atravesado. Se retorció. Aulló maldiciones y levantó su mano enseñando la herida como un trofeo.

—¡Malapata me lastimó! Lo hizo a propósito.

Me acerqué a ver su cortada. Era pequeña y superficial. Tiempo atrás yo podía ver en la sangre pequeños elementos que me indicaban si la persona era buena o no. Ya no los veía, pero la sangre de mi compañero me produjo náuseas.

Antes de que pudiera reaccionar, Lobelo, furioso, levantó el gato y la llave de cruz y me las estampó en el pecho. Me fui de espaldas. Mi mente se borró unos segundos. Steffi corrió a ayudarme. La herramienta hizo un ruido estrepitoso al caer conmigo.

—¿Estás bien?

Asentí tratando de recuperar la conciencia.

La alegría se terminó. El abuelo llegó y le preguntó al invitado:

—¿Qué está pasando?

—Malapata me cortó. Duele mucho. Estoy sangrando.

—Vamos a entendernos, Lobelo. En esta familia no usamos apodos, para empezar. No quiero volver a oír que le dices Malapata a Felipe. Aquí todos nos respetamos. Y nos cuidamos.

—¡Pero él me lastimó!

—Seguramente fue sin querer. Sin embargo, tú sí le aventaste la herramienta a propósito. No voy a permitir ese tipo de conductas.

Lobelo bufó. Dio un zapatazo al pavimento.

—¡Yo me largo!

Sacó a su perro de la camioneta y comenzó a caminar hacia la pradera. El Titán lo siguió.

El abuelo arrancó la camioneta y nos fuimos.

EL LODO

UN CAMPEÓN SOPORTA LAS INCOMODIDADES ÚTILES

—¿Vas a dejar al muchacho ahí? —preguntó la abuela—, ¿en medio de la nada?

—Solo le quiero dar una lección. Este viaje le tiene que forjar su carácter.

Quince minutos después detuvo la camioneta en una recta y dio vuelta para regresar por mi compañero. Como tardamos quince minutos más en volver, Lobelo había pasado ya treinta minutos solo. Estaba en la orilla de la carretera con su perro. Nos detuvimos a su lado.

El abuelo bajó la ventanilla y le preguntó:

—¿Quieres ir con nosotros o te quedas aquí?

—Voy con ustedes.

—Eh. No tan rápido. En esta familia hay reglas. No nos quejamos por cualquier cosa. Trabajamos en equipo. Si alguien se equivoca, lo ayudamos. No nos burlamos. Siempre damos lo mejor de nosotros mismos. Reconocemos nuestros errores. Aprendemos algo cada día. ¿Crees poder hacer eso?

—Sí.

Subió a su perro a la cabina de maletas. Luego se sentó junto a mí, chorreando, sin hablar.

Pasamos a una gasolinería a cambiarnos de ropa.

Dos horas después llegamos al pueblo.

La cabaña de los abuelos era grande. Estaba en pleno bosque. No tenía vecinos, se escuchaba el trinar de los pájaros después de la lluvia.

Apenas llegamos, abrimos la caseta trasera y el perro se escapó hacia el bosque.

Los anfitriones, Steffi y sus padres entraron a la casa para preparar las habitaciones y algo de cenar. Nos pidieron a mí, Rik y Lobelo que bajáramos las maletas.

Los tres invitados nos organizamos. Lobelo, desde arriba de la pickup nos pasaba los bultos, y mi hermano y yo los acomodábamos en la entrada de la casa. De pronto, cuando Lobelo identificó mi maleta, le abrió el cierre y dejó caer todo su contenido al piso sobre un charco de lodo.

—¡Ups! —dijo—, venía abierta.

—¡Mentira! —gritó mi hermano—, tú la abriste.

Lobelo saltó. Agarró a Ricky por el cuello y comenzó a ahorcarlo.

—¿Qué dijiste, Ricardo, tonto?

Me lancé hacia él y lo empujé. Pensé que vendría contra mí, pero en vez de eso dio unos pasos hacia atrás, como en cámara lenta, y fingió que perdía el equilibrio. Se dejó caer.

—¡Me atacaste! —gritó—. ¡Ya van dos veces!, ¡mira cómo estoy por tu culpa! ¡En la carretera me cortaste la mano y ahora me empujaste al lodo!

Mi hermano y yo nos miramos, confundidos. Lobelo no había entendido las reglas.

—¿Porque haces esto, Lobelo? —dijo Riky—, tú, antes, te burlabas de Felipe; le decías debilucho, llorón; y ahora el debilucho, llorón eres tú.

—No te metas conmigo, niñito. Si el cáncer no te mató, yo sí.

Sentí que todo me daba vueltas. Ese comentario sobrepasaba cualquier broma. Podía tolerar que me agrediera a mí, pero de ninguna manera soportaría que atacara a mi hermanito.

—Te hubieras quedado en la ciudad, —le dije—, o en el campo donde se nos atravesó la vaca. ¡No sé qué haces aquí!

—Tu abuelo me invitó —se puso de pie y entró a la casa, gritando—. ¡Miren lo que hizo Felipe! ¡Me tiró en el charco!

Entramos detrás de él.

—¿No me escuchan? —gritó.

Steffi salió de las recámaras. Le dijo:

—¿Te ensuciaste? ¡Pues límpiate y ayúdanos!

Lobelo se quedó parado. Le enfurecía ser ignorado. Más que perverso, parecía tonto. Tal vez era, al mismo tiempo, perverso y tonto. La combinación más peligrosa en un ser humano.

Steffi y el abuelo habían arreglado la habitación de huéspedes. Tenía tres camas individuales.

—Elijan dónde van a dormir —nos dijo, mi prima—. En esos armarios pueden guardar sus cosas. Allá está el baño. A un lado la lavandería. Aquí todos lavamos nuestra ropa.

—Y por lo que veo —dijo el abuelo sonriendo—, es lo primero que van a tener que hacer.

Rik y yo nos dimos una ducha de agua caliente. Luego la abuela nos llamó a cenar.

Cuando pasamos por la sala para ir a la cocina, nos dimos cuenta de que Lobelo ya no estaba en la casa. Se había ido al bosque con su perro.

En la cena platicamos de un tema importante. Según el abuelo, una de las reglas más valiosas de la vida.

Esa noche escribí lo que el abuelo nos dijo durante la cena.

Las personas quieren estar cómodas. Cuando algo les incomoda se enojan y hacen berrinche. Pero el éxito nunca sucede en la zona de comodidad.

Para ser una persona exitosa tenemos que dar lo mejor de nosotros mismos hasta sentir el dolor del agotamiento.

Si estamos incómodos, molestos y adoloridos, nuestra misión es aguantar, y mantenernos alegres.

La incomodidad siempre nos va a perseguir: tendremos frío, o calor, o hambre, o nos dolerá la cabeza, o alguien nos hará enojar, o tendremos problemas. Pero cuando me esté yendo mal no debo pensar que soy la única víctima del planeta. Todas las personas tienen sus dolores y molestias. No debo creer que los demás tienen la obligación de consolarme.

Debo decidir estar contento, disfrutar el día, mantenerme de buen humor, siempre satisfecho, aceptar la incomodidad del esfuerzo y resistir el dolor útil; no quejarme de molestias ni cansancio, a menos que de verdad necesite ayuda.

Rik y yo apagamos la luz de la habitación como a las diez de la noche.

Tuve insomnio. Por más que intenté dormir no lo logré. Me puse de pie y fui a la sala. Ahí leí el manual de mi abuelo para el *retiro de carácter*. Hablaba de las virtudes humanas. Lo subrayé en varias páginas.

Como a la una de la mañana se abrió la puerta de la casa. Era Lobelo. Venía con su perro. No me saludó. El enorme Rottweiler no se me acercó, siguió su camino. Subieron las escaleras y entraron a nuestro cuarto. Fui tras ellos. Lobelo encendió la luz de la habitación y fue hasta la cama libre.

—El perro no puede estar aquí adentro —dije.

—Yo duermo con él. ¿Algún problema?

—Voy a decirle a mis abuelos.

—¿Los vas a despertar para acusarme? ¿Tú y Ricardo me llamaron debilucho llorón porque me quejé cuando me golpeaste y me tiraste al lodo, y ahora vas a quejarte y llorar porque quiero dormir con mi perro?

Lo vi acostarse en la cama sin abrir las cobijas. El Titán fue hasta él y se acurrucó a su lado. Lobelo lo abrazó.

De verdad mi compañero estaba muy dañado y su único amigo era ese animal.

Volví a mi cama.

Al poco rato todos nos quedamos dormidos.

CHIMPANCÉ

UN CAMPEÓN ES UN CONQUISTADOR

A las seis de la mañana se escuchó música en la casa; música moderna. La oí entre sueños. Luego, la puerta de nuestro cuarto se abrió de golpe y la música invadió la habitación.

—¡Arriba, perezosos! —era el abuelo.

Salté de la cama. Fui al baño y me lavé la cara. Luego volví a la habitación. Rik, Lobelo y Titán seguían adormilados, los animé:

—Vamos, levántense.

—¿Por qué tan temprano?

—Lobelo. Creo que el abuelo no vio a tu perro aquí adentro. Nadie se ha dado cuenta de que lo metiste. Si lo sacas ahorita no se van a enterar.

Se puso de pie con una mirada apurada; a hurtadillas guio al Titán fuera de la casa.

El olor de un desayuno delicioso nos llevó a la cocina. Fuimos. Steffi estaba ayudando a cocinar. Nos sirvió. Lobelo comió muy rápido. La noche anterior se durmió sin cenar.

—Veo que arreglaron sus problemas —dijo la abuela.

—Sí —contesté—, ayer fue un día difícil. Pero hoy todo será mejor.

Riky y Steffi intercambiaron miradas. Nunca supieron en qué momento Lobelo y yo nos reconciliamos. En realidad, yo tampoco.

El abuelo nos hizo salir de la cabaña, al fresco matutino. Nos dijo que comenzaríamos el día haciendo ejercicio.

—Lo primero será cortar leña.

Nos dio un hacha a cada uno. Convirtió la rutina de la mañana en un deporte de fuerza y habilidad; el sonido de las hachas al golpear la madera resonó en el silencio del amanecer. Después de una hora, nos invitó a sentarnos en los leños recién cortados y nos dio agua.

—Muy bien. Ahora escuchen lo que vamos a hacer. El bosque que está detrás de ustedes puede ser suyo. Pero hay que conquistarlo —volteamos para ver; el jardín de la casa se unía al bosque creando una vastedad que parecía no tener fin—. Esto es muy importante. ¿Saben lo que significa la palabra *conquistar*?

—¿Dominar? —pregunté.

—No. Fíjense bien. Conquistar es amar, servir, dar. Conquistar es comprometerse. Ustedes tres hombrecitos, cuando quieran conquistar a una chica, no tienen que dominarla sino amarla, servirle, darle valor a su vida. En otras palabras, deberán comprometerse para brindarle algo bueno. Así es como se construyen las relaciones y los lugares.

Cuando dejas las cosas igual o peor, no te pertenecen. Pero si amas algo, lo arreglas, lo mejoras y le pones parte de ti, entonces, ese algo se convierte en tuyo. Voy a darles otro ejemplo. Yo tengo cuarenta y cinco años de casado con mi esposa y puedo decir que esa mujer es mía, no porque yo la posea o la domine, sino porque todos los días me esfuerzo por conquistarla... Tengo un verdadero compromiso de amor con ella. Y ella, por su parte, puede decir que yo le pertenezco, porque todos los días hace lo posible para que mi vida sea mejor, ¿entienden?

Dijimos que sí con la cabeza. Pensé: *Un campeón es un conquistador.*

—Ese bosque que está detrás de ustedes puede ser suyo. ¿Cómo?

Steffi contestó.

—¿Dándole algo bueno?

—¿Cómo qué?

—¿Limpiándolo? —preguntó Lobelo.

—Sí. Por supuesto. Pero podemos hacer más; fíjense bien. Van a salir a explorar. Y van a buscar algo que necesite su ayuda. Observen y escuchen. Las plantas, el agua, la tierra, los animales. En ese lugar hay vida, y ustedes pueden añadir valor a esa vida. Busquen y encontrarán. ¿Entienden el desafío?

—Más o menos —dije.

—Vayan en parejas —Lobelo echó un vistazo a Steffi. El abuelo se anticipó—. Rik irá con Steffi, y Lobelo con Felipe. ¡Vamos! Y no regresen hasta que hayan encontrado algo interesante.

Lobelo entre molesto e indiferente, se adelantó. Su perro fue con él.

Agucé mis sentidos. Me concentré en una idea: escuchar y observar. Noté el susurro de las hojas moviéndose con la brisa, el crujido de la tierra bajo mis pies y el canto de las aves ocultas en las copas de los árboles. Aquel lugar era un hervidero de vida escondida entre la maleza. ¿Cómo iba yo a añadir valor a un sitio tan perfecto?

Llegamos al lugar más maravilloso, un santuario de belleza natural: el río.

Titán se metió a beber agua. De pronto levantó la cabeza y paró las orejas. Echó a correr aullando y ladrando. Fuimos tras él. Al fin se detuvo junto a un enorme tronco caído. Nos acercamos. Debajo había un hoyo, y en su interior, un animal herido.

—Tal vez es un conejo —dijo Lobelo.

Nos agachamos a investigar.

—No —dije—. Mira. Está encogido, pero es enorme. Ve sus patas. ¡Tiene dedos!

El perro seguía ladrando.

—Es un mono —dijo mi compañero.

—Imposible —contesté—. En este bosque no hay monos.

Con un destello de audacia, Lobelo tocó al animal y el animal se quejó. Luego hurgó más profundo en el hoyo.

Una pequeña mano, ágil y peluda, se cerró sobre la suya. No fue un mordisco, sino un apretón firme, casi humano.

Lobelo se separó dando un grito, entonces el animal herido salió, mostrando sus dientes en una mueca defensiva; lo vimos en todo su esplendor. ¡Sí, era un mono! Pero no cualquier mono. Era uno de raza muy hermosa. Su cuerpo delgado mostraba marcas de golpes y sus ojos reflejaban sufrimiento. Tenía el cuello marcado por una cuerda de la que escapó y heridas en las manos.

Volvió a esconderse debajo del tronco y se encogió lo más que pudo en la profundidad del agujero.

—¿Viste? —dijo Lobelo asustado—. ¡Es un chimpancé!

—Sí...—tardé en reaccionar—. Y necesita ayuda urgente.

Corrimos de regreso a la casa.

EL VETERINARIO

UN CAMPEÓN AYUDA AL DÉBIL

Perdimos el camino de regreso y estuvimos dando vueltas en el bosque. Después de mucho tiempo, corriendo entre senderos iguales, logramos llegar a la cabaña. No había nadie afuera. Entramos.

Me sorprendió mucho encontrar a Steffi y a Rik sentados en la sala con el rostro pálido.

—¿Qué pasa? —pregunté.

—Es Max.

—¿Lo encontraron?

Mis abuelos entraron. Sus ojos cargados de urgencia me helaron la sangre.

—Tenemos que irnos —anunció el abuelo con voz temblorosa.

La abuela sostenía un teléfono móvil, incapaz de esconder la combinación de miedo y esperanza que se había apoderado de ella.

—Max nos mandó un correo electrónico hace varios días —dijo con voz ahogada por la emoción—. Apenas lo leímos. Está vivo, gracias a Dios, quiere vernos. Steffi, toma. Te dejo mi teléfono celular. Está desbloqueado. Llámanos, cualquier cosa. Felipe, Riki y Lobelo. Pórtense bien. Cuídense unos a otros. Van a estar bien. Aquí no hay peligro.

Steffi se veía ilusionada. La noticia de que Max estaba vivo era un rayo de esperanza después de una larga etapa de incertidumbre y dolor.

—¿Dónde está mi hermano? —preguntó.

—Dijo que necesita vernos *en su lugar de origen*. La ciudad donde creció —respondió el abuelo—. Es un viaje largo, pero no hay tiempo que perder. Vamos a buscarlo.

Los adultos se movían con mucha determinación. En minutos habían empacado lo esencial. Se despidieron.

—No hagan tonterías.

—Estaremos bien.

Nos dieron un abrazo a cada uno.

—Papá —preguntó Steffi cuando ya se iban—. ¿Qué hacemos con los jóvenes del pueblo que iban a venir mañana al *retiro de carácter* que prometiste?

—Voy a posponer la dinámica. No te preocupes. Yo les aviso a todos.

Se subieron a la camioneta. Los vimos partir. Steffi, Lobelo, Rik y yo nos quedamos solos, rodeados de una naturaleza que de repente parecía más vasta y misteriosa.

Ahora, en la soledad de la cabaña, los cuatro jóvenes nos enfrentábamos a la tarea de cuidarnos mutuamente. Entonces expliqué:

—Steffi y Rik, ¡no lo van a creer! ¡Lobelo y yo encontramos algo tremendo en el bosque! ¡Vimos un animal extraño!

—¡Un chimpancé! —completó Lobelo—. Debió escapar de alguna casa.

—No puede ser —dijo Steffi—. Los chimpancés son una especie protegida. Está prohibido tenerlos como mascotas.

—¡Pues era un chimpancé! —insistí—. Debajo de un tronco. Estaba herido. Quisimos sacarlo de ahí y no pudimos. Trató de mordernos.

—Ahora entiendo —dijo Steffi—. Rik y yo descubrimos que, a las afueras del bosque, en la entrada del pueblo, se acaba de instalar un circo. Vimos cómo un hombre entrenaba a ponis obligándolos a caminar por una pasarela estrecha. Los caballitos no querían obedecer y el domador les daba gritos y latigazos. ¡Nosotros lo vimos! ¡En ese circo tienen animales exóticos y los maltratan!

—Tal vez el chimpancé escapó de ahí.

Steffi marcó el teléfono de la policía.

A los pocos minutos llegó el veterinario del pueblo. Nos dijo:

—El jefe de la policía me pidió que viniera a verlos. ¿Es verdad que encontraron un chimpancé?

—Sí. Herido. Escondido en un tronco. Vamos. Tenemos que ayudarlo.

Emprendimos el camino hacia el río. Al principio, Lobelo y yo íbamos al frente, pero de pronto no supimos por dónde avanzar. Steffi tomó la delantera. Ella conocía el bosque a la perfección.

El veterinario llevaba una maleta. Nos explicó que en ella traía una red, sedante y medicamentos para atrapar al mono y atender sus heridas.

—¿Usted quiere mucho a los animales? —le preguntó Riky.

—Es mi trabajo cuidarlos.

—¿Y por qué eligió ese trabajo? —cuestionó Lobelo—. Yo algunas veces he pensado que me gustaría ser veterinario también. Mi único amigo es un perro.

—Qué curioso —dijo el veterinario—; a mí también me motivó mi perro. Se llamaba Zeus. Cuando yo era niño pasaba todo el día conmigo. Me acompañaba a la escuela y se quedaba esperándome en la calle hasta que las clases terminaban. Luego caminábamos juntos de regreso a la casa. Un día, íbamos en una calle empinada; se acercaba un camión pesado que apenas podía subir. Venía muy lento. Zeus se atravesó. El chofer tuvo tiempo de frenar, pero no lo hizo. Prefirió matar a mi perro. Yo grité. Lloré. Desde entonces he dirigido campañas para difundir la protección a los animales y a las personas débiles. Porque yo sufrí mucho acoso escolar, también. En todas las escuelas debe enseñarse el deber que tenemos de defender a los vulnerables. Los alumnos deben ser bondadosos con sus compañeros que se equivocan o manifiestan signos de debilidad. Los profesores deben impedir que alguien se burle o se ría de esos compañeros. Todos debemos tener valentía para enfrentar las injusticias y denunciar a los maltratadores. No hay crueldad más grande que acosar o molestar a alguien frágil. Y hay mucha crueldad en el mundo cometida por tres tipos de personas: primero quienes realizan actos de abuso. Son los maltratadores. Segundo quienes, pudiendo impedir esos actos de abuso, no lo hacen. Son los cobardes. Y tercero quienes los ven con morbo, hasta los filman con su celular, pero no los denuncian. Son los burlones. Maltratadores, cobardes y burlones son cómplices de maldad y culpables de la decadencia social.

El veterinario hablaba sin dejar de caminar. Iba jadeando.

Al fin encontramos la hermosa explanada natural junto al río. Corrimos hacia el tronco y señalamos el agujero.

—¡Ahí es!

Debajo del tronco había un hoyo vacío. Pero el chimpancé no estaba ahí.

EL CIRCO

UN CAMPEÓN TIENE INICIATIVA

Nos dividimos. Lo buscamos por todos lados.

Escuché un grito de Steffi.

—¡Allá está! —pero luego agregó con voz más baja—, creo...

Me uní a ella. Río abajo, a lo lejos, el caudal daba vuelta y formaba una playa de arena; ahí se veía un mono con los brazos y piernas abiertas como estrella; tal vez se había ahogado. Corrimos.

—¡Doctor! —llamó Steffi—. ¡Venga! ¡Pronto!

Seguimos avanzando por la orilla. Poco a poco disminuimos nuestra carrera. Steffi se detuvo y cerró los ojos un instante, aliviada, pero triste a la vez. Lo que habíamos pensado que era el cuerpo del chimpancé, no era otra cosa que maleza seca.

Regresamos despacio. Entonces mi amiga dijo algo que me dolió:

—Tal vez a ustedes les pasó lo mismo. Vieron algo debajo del tronco y creyeron que era un chimpancé.

—Steffi, ¡no nos equivocamos!

Llegamos con los demás. El veterinario estaba cuestionando a Lobelo sobre lo mismo.

—¿Estás seguro de lo que vieron?

—Claro que sí —decía mi compañero—, yo metí el brazo al agujero y el mono me agarró. Tenía unas manos como de niño. Con deditos. Luego sacó la cara, nos enseñó los dientes y se volvió a esconder ahí.

—¿Y por qué dicen que estaba lastimado?

—Porque cuando nos gruñó —expliqué—, le vimos el cuello pelado y una herida en el brazo.

El veterinario se acercó al agujero y metió unas gasas para tomar muestras de la tierra húmeda. Después de hurgar con cuidado, sacó las gasas con lodo.

—Aquí no hay rastros de sangre. Y este hoyo... es muy pequeño para que quepa un chimpancé.

—¡Ahí estaba! ¡Tienen que creernos!

—Puede ser... no digo que estén mintiendo.

—No estamos mintiendo —dije—. ¿Qué ganaríamos? —quise agregar: un campeón no dice mentiras, se puede confiar en él, yo soy un campeón.

De regreso a la cabaña no hablamos. Al llegar vimos una patrulla estacionada frente a la puerta. El veterinario le explicó al jefe de la policía:

—Estos jóvenes vieron un chimpancé herido. Y también se dieron cuenta de cómo, en el circo, se maltratan animales. Tenemos que hacer una inspección a ese circo.

El alguacil contestó:

—No podemos hacer una inspección sin una orden judicial. Los circos de animales trabajan con un permiso dado por el gobierno hace muchos años. Aunque la ley cambió, los circos se ampararon. No hay nada que hacer. A menos que ocurra algo extraordinario o tengamos pruebas de algún delito...

Los adultos se fueron. Nos quedamos los cuatro jóvenes solos.

Fuimos a la cocina. Teníamos hambre. Abrimos anaqueles y revisamos el refrigerador; encontramos frutas frescas. Comenzamos a comer; Steffi, con una manzana en mano, alzó la voz:

—¿Y si vamos al circo? ¡Investiguemos! Podemos decir que queremos trabajar ahí. Sin cobrar. Somos jóvenes inofensivos. Estamos de vacaciones. Diremos que nos interesa ayudar.

Casi me atraganto con un trozo de pera. La propuesta de Steffi resonó en la pequeña cocina como un desafío lanzado al viento.

—Estás loca —le dijo Lobelo—. Yo no voy a trabajar gratis en ningún lado.

—¿Por qué no? —respondió ella—. Mi papá me ha enseñado que una de las virtudes humanas más importantes es la iniciativa. ¡Debemos tener iniciativa! La habilidad de ver lo que necesita hacerse y decidir hacerlo —caminó motivada por sus propias reflexiones—, iniciativa es tomar la delantera, comenzar acciones por uno mismo, buscar soluciones, moverse, hablar, atreverse, arriesgarse, no quedarse con los brazos cruzados. Las personas perezosas y apáticas nunca se mueven a menos que alguien las obligue y les diga lo que tienen que hacer. Pero las personas que cambian al mundo hacen que sucedan cosas todo el tiempo. No solo piensan y sueñan. Actúan. Tienen iniciativa. Detectan la necesidad y resuelven problemas sin que nadie las obligue ni les diga lo que tienen que hacer.

Steffi salió de la casa. Fuimos tras ella.

En quince minutos de caminata llegamos al circo. Lo estaban armando. Era un lugar desordenado. Había actores practicando, hombres rudos clavando estacas en el suelo y jalando las cuerdas para estirar las lonas. Un hombre alto y barbudo nos recibió.

—¿Qué quieren?

—Buscamos al dueño —dijo Steffi.

—Aquí todos somos dueños.

—Somos estudiantes de secundaria —explicó ella—. Las clases ya se terminaron y nos gustaría trabajar aquí durante las vacaciones. Podemos hacer cualquier cosa que ustedes necesiten; limpiar los establos, organizar butacas para los espectadores, lo que sea. No queremos dinero.

—Sí —dijo Riky—, en la casa nos aburrimos.

El hombre barbudo se acarició el pelo de la cara. Éramos mano de obra gratuita.

—¿De veras no quieren dinero?

—No. Solo buscamos aprender y servir en algo.

—Si es así, síganme. Necesitamos toda la ayuda posible para la inauguración.

Nos llevó hacia la zona trasera del circo. El sitio era un caos: montañas de paja apiladas, animales enjaulados, piezas de herrería dispersas alrededor de lonas sucias.

—Tenemos que limpiar aquí y armar unos camerinos. Solo hay que unir las varillas y poner estos tornillos —el hombre barbudo nos puso la muestra.

Un sujeto pequeñito, como de un metro de altura, se acercó a nosotros.

—Mira, enano —le dijo el barbudo—, ya no vas a estar solo. Estos tres jóvenes te van a ayudar a organizar tu desastre.

—Qué bueno.

El enano les dio a Steffi y a Rik escobas y bolsas de basura; a Lobelo y a mí nos dio herramienta para que armáramos los locales. Me puse a trabajar. Lobelo se negó. En cuanto pudo se fue, según él, a investigar.

Repentinamente escuchamos una especie de quejido. Parecía el grito lejano de un chimpancé.

LOS ANIMALES

UN CAMPEÓN ES DISCIPLINADO:
PACIENTE Y PERSEVERANTE

—¿Dónde está el otro muchacho? —preguntó el enano buscando a Lobelo.

—Creo que se fue —contesté y quise agregar *no le gusta el trabajo*, pero me quedé callado.

—Ni hablar. A ver. Ustedes tres, ayúdenme a sacar a los animales de sus cajas de viaje y meterlos a las jaulas. Vamos a ponerles comida también.

El olor a estiércol se mezclaba con la paja y el alimento. Las bestias reflejaban sufrimiento y resignación.

Nos acercamos con temor.

—No tengan miedo, niños —el enano se sentía feliz de ser jefe—. Todos los animales del circo están *quebrados*.

—¿Quebrados? —preguntó Steffi.

—Así se dice. Les rompimos su espíritu salvaje. Este es Dumbo. Un elefante tonto; sabe pararse en cubos pequeños. Aquí están Simba y Ricardo (corazón de león) —el enano nos mostró a dos leones flacos que estaban uno encima del otro en la misma caja de viaje—, estos gatotes tenían un acto muy bonito, Cachalote los hacía saltar en medio de aros con fuego, pero ya no quieren hacer nada, son unos holgazanes

—seguimos avanzando—. Ahora vean a Rocoso —un cocodrilo, inmóvil como estatua de cemento, estaba encadenado a un poste de acero—. Tiene muy mal genio. Si te descui-
das es capaz de comerte.

Siguió enseñándonos a los ponis que podían correr alrededor de unos aros; y a unas guacamayas que sabían volar
y regresaban a su jaula. Al final del pasillo había dos micos
de cola larga.

—¿Y estos? —preguntó Rik—, ¿qué saben hacer?

—Nada todavía. Son monos araña. Los acaban de traer.
Cachalote los está entrenando.

Pregunté:

—¿Cachalote es el domador?

—Sí.

—¿Por qué le apodan así? —preguntó Steffi.

—Cuando lo conozcas vas a saber.

—¿Y dónde está?

—Tiene una enfermedad. Se la pasa dormido todo el día. En la noche despierta para la función —sacudió sus manitas—. Ya. Basta de plática. Vamos a trabajar.

Empezamos nuestra labor. Entonces llegó Lobelo; se burló de nosotros.

—¡Que bien limpian! Ustedes nacieron para ser mozos de aseo. Yo en cambio, voy a ser malabarista. Miren lo que encontré.

Traía unos palos con anillos rojos y los lanzaba al aire atrapando uno a uno con rapidez. El enano quiso regañarlo, pero Lobelo lo desafió. Era al menos setenta centímetros más alto.

—¿Qué pasa aquí? —detrás de nosotros apareció un hombre enorme; no tenía el abdomen abultado, más bien todo él era un abdomen gigante. Parecía una ballena humana. Se acercó, tambaleándose.

—Cachalote —lo saludó el enano—, ayúdame con ese jovencito que se está robando las herramientas de los malabaristas.

Cuando volteamos, Lobelo había vuelto a desaparecer.

—¡Vaya! ¿Y por qué hay tantos niños hoy? ¿Se escaparon del kínder?

—Son estudiantes. Están de vacaciones. Vinieron a ayudar. Gratis.

Con un movimiento muy rápido, el gigantón me aventó una botella de agua a la cara. La atrapé en el aire.

—Tienes buenos reflejos —se me acercó tropezando. Estaba borracho, pude oler su hedor a alcohol—. Vas a ser mi ayudante.

—¿Cómo?

—Mi esposa es la que me ayuda. Pero se enojó. Y se fue. Y necesito un asistente pasado mañana en la inauguración. Cuando yo meta la cabeza en la boca de Rocoso, tú sostienes la cadena de su pata. Con los demás animales me vas pasando cosas. Ven. Vamos a practicar.

No pude negarme. Tragué saliva. A los pocos minutos estaba ensayando con el domador y los animales. Rik y Steffi me acompañaron.

—¿Por qué se enojó su esposa con usted? —preguntó Rik.

El borracho respondió:

—Dice que yo maltrato a Manolito. Pero solo lo quiero educar.

—¿Manolito es su hijo?

—Mi señora dice que sí. Pero está loca. Manolito se escapó y ella lo fue a buscar. Los dos se metieron entre los árboles y desaparecieron. ¿Lo pueden creer? Llevan días perdidos en el bosque.

Mi corazón comenzó a latir a toda velocidad. Volteé a ver a Steffi. Ella estaba pensando lo mismo. Manolito debía ser el chimpancé.

—Pásame esos conos —me habló a mí—. Concéntrate.

Lo obedecí. Ensayamos sin animales. Aprendí a pasarle utensilios que usaría. No parecía difícil. Luego el gigantón me tomó de su asistente y me trajo de un lado a otro limpiando y recogiendo cosas. Hasta lo ayudé a armar una pequeña carpa cuadrada con su catre, donde él dormiría.

No me molestó trabajar tanto. Yo era un espía.

El policía dijo que necesitaba saber si en ese circo pasaba algo extraordinario o había prueba de algún delito... Para encontrar algo así, debía meterme hasta el fondo, trabajando. Mientras tanto, pensaba en una de las virtudes que leí del cuadernillo que me dio el abuelo. La disciplina.

Una persona disciplinada vence cualquier obstáculo.

La disciplina es incómoda. Duele, a veces. Porque implica trabajar fuerte y esperar con paciencia a que las cosas mejoren.

La disciplina es el valor más poderoso de las personas exitosas.

La disciplina se compone justamente de esas dos grandes fuerzas: perseverancia y paciencia. Trabajar y esperar. Trabajar más y seguir esperando. Trabajar todavía más y no desesperarse... El que trabaja y espera, tarde o temprano, tiene buenos resultados.

Steffi nos interrumpió.

—Tenemos que irnos. Ya llevamos aquí trabajando muchas horas.

—¡Felipe no se puede ir! —dijo el domador—. Va a ser mi ayudante. Tiene que ensayar más.

Le dije:

—Mañana regreso señor Cachalote. Se lo prometo.

—Bueno, bueno. Ya me hace falta una copita. Me voy a descansar. Te veo mañana a las diez.

Caminamos hacia la salida. Encontramos a Lobelo. Estaba platicando y practicando con otros malabaristas. No quiso irse con nosotros. Nos dijo que se quedaría y nos alcanzaría después.

La luz del atardecer se filtraba a través de los árboles del bosque.

Apenas salimos, Steffi nos dijo:

—Estoy impactada. Ese hombre dijo que su esposa se fue a buscar a Manolito. Desapareció entre los árboles. Lleva no sé si dos o tres días perdida en el bosque. Y el chimpancé también. Creo saber dónde están.

Steffi parecía muy nerviosa de repente. Supuse que un pensamiento aterrador se había apoderado de ella.

—¿Dónde crees que estén? —pregunté.

—En la Casa Hoffman...

Sus palabras flotaron en el aire. Un escalofrío recorrió mi espalda. Alguna vez le dije que quería conocer ese lugar. Ya no. Ella completó:

—Las personas que se esconden ahí se vuelve locas. Les pasan cosas malas. Al principio, no, pero después de unos días ocurren tragedias.

—¿Y es el único sitio del bosque donde podrían esconderse?

—Es la única construcción.

—Pero está abandonada. Y debe ser un lugar horrible. ¿Quién se metería ahí?

—Sí; hay que tener estómago para refugiarse en ese lugar aterrador. Pero si esa mujer se metió ahí, debemos avisarle que es peligroso.

—¡No cuenten conmigo! —dijo Rik—. Yo me voy a la casa, ahí los espero.

—¿Tú sí me acompañas, primo?

Me encogí de hombros.

—¿Ahorita?

—La Casa Hoffman está a cuarenta y cinco minutos de camino —dijo Steffi mirando el reloj—. Son cuatro y media de la tarde. Nos da tiempo de ir y venir antes de que anochezca.

—¿Hablas en serio? —le pregunté—. ¿Piensas ir ahorita? ¿Por qué no lo dejamos para mañana a plena luz de día?

—Porque si esa mujer está ahí, mañana puede ser demasiado tarde.

EL FANTASMA

UN CAMPEÓN TIENE AUTOCONTROL

Steffi caminaba con entusiasmo. Yo no.

Mi *prima* jamás había visto seres infernales o celestiales. Para ella ese mundo era una fantasía de leyendas. Yo, en cambio, sabía que era real.

Fui un niño privilegiado. Tiempo atrás pude platicar con un ángel y comprobar que un ejército de ángeles nos protegió a mi madre y a mí. Aunque esas imágenes se me estaban borrando de la mente, todavía las recordaba vagamente. Y no me gustaba la idea de meterme de nuevo a explorar espacios en los que se mueven espíritus buenos o malos.

La Casa Hoffman, según los cálculos de Steffi, estaba a unos cuatro kilómetros de distancia. Si nos apurábamos, llegaríamos allí a las 5:30 de la tarde, lo que nos daría suficiente tiempo para explorar y regresar a nuestra cabaña justo al anochecer, alrededor de las 6:45. El tiempo era contado.

Entramos al bosque. Los sonidos de la naturaleza nos rodeaban. Steffi me sugirió que corriéramos para llegar al río. Aunque traté de seguirle el ritmo, ella tenía una condición física impresionante y me costaba mantener su paso. Enfoqué la vista en el sendero y dejé de mirar al frente. En el manual de carácter que me dio mi abuelo había un capítulo que hablaba del autocontrol.

En muchas tradiciones filosóficas el autocontrol se considera la piedra fundamental de la conducta humana virtuosa. Es la habilidad para regular nuestro comportamiento y emociones frente a tentaciones o deseos.

¿Tentaciones y deseos? En ese momento, deseaba estar en la cabaña, con Riky, guarecido, viendo la televisión y comiendo bombones. Tenía la tentación de poner un alto y caminar hacia otro lado.

Nuestros pensamientos secretos a veces son tan intensos que se vuelven distractores, nos hacen perder el control y nos ponen en peligro.

Eso me pasó. Iba pensando tanto en que no deseaba estar ahí que seguí por un camino diferente al de Steffi. Cuando levanté la vista al frente, ella ya no estaba.

—¡Prima!

Mi voz resonó entre los árboles. No hubo respuesta. Me moví de un lado a otro en un intento desesperado por encontrarla, pero solo logré adentrarme más en la espesura. Estaba perdido de nuevo. Pasaron diez minutos. Veinte. ¡Treinta!

Dejé de moverme. Me dije: Controla tu mente.

Controlar la mente nos ayuda a tomar buenas decisiones, resistir tentaciones y evitar comportamientos perjudiciales o impulsivos.

Para autocontrolarse hay que tener metas claras y realistas: Definir objetivos desafiantes, pero alcanzables.

El autocontrol también implica planear, prepararse para situaciones difíciles, y tener estrategias.

¿Planear? ¿Prepararse? ¿Tener estrategias? A ver. ¿Dónde estaba? Lo importante era aguzar los sentidos. Escuchar lo que no era fácil de oír. Cerré los ojos. Muy a lo lejos escuché una especie de susurro en el viento. "¡Primo! ¡Felipe!".

Me quedé quieto; traté de identificar el rumbo. Su voz era muy lejana. Creí saber de dónde venía. Contesté gritando. Corrí parándome de vez en vez para escuchar. Así estuvimos entre los árboles como quince minutos más antes de toparnos de frente. ¡Al fin nos encontramos!

Nos abrazamos con fuerza.

—¿Dónde estabas, primo?

—No sé. Me perdí. ¡Perdóname!

El atardecer se acercaba con rapidez, el cielo tenía tonos rojizos y naranjas.

—Es tarde.

—Regresemos a nuestra cabaña, Steffi. Mañana venimos.

Lo dudó. Luego decidió:

—La Casa Hoffman está cerca. Vamos de una vez. Todavía tenemos tiempo.

—Pero se nos va a hacer de noche al regresar.

—Tengo una linterna; y conozco bien el bosque.

Me asombraba y me comprometía su valentía. Trotamos con más rapidez. Esta vez la seguí sin perderla de vista. De pronto, los árboles se terminaron como si alguien los hubiese talado, o como si el suelo en ese lugar no fuera fértil; el piso estaba lleno de una extraña hierba amarillenta con flores muy pequeñas. La Casa Hoffman se alzaba al fondo del terreno.

Nos detuvimos, impactados. Era una construcción inglesa con techos a dos aguas. ¿Quién vivió en ese lugar en medio de la nada? Sus paredes de madera susurraban historias de un pasado misterioso. Tenía varias ventanas rotas que miraban como ojos vacíos hacia el bosque, y un portón enorme que se levantaba como guardián de secretos ocultos.

—¿Vamos, primo?

—Este… no… no creo. Venimos mañana, mejor.

—Ya estamos aquí.

Comenzó a avanzar.

Las leyendas sobre vampiros y espíritus malignos pesaban sobre nuestros hombros.

Nos detuvimos frente a la puerta de madera que parecía haber estado cerrada durante mucho tiempo. La jalé. Para mi sorpresa se abrió fácilmente. Al cruzar el umbral, nos encontramos con la penumbra. La luz del día apenas entraba por las ventanas cubiertas de polvo. Los objetos y muebles parecían haber quedado atrapados en el tiempo. Había sillones, mesas, libreros vacíos llenos de telarañas.

La puerta se cerró detrás de nosotros rechinando como quejido humano. Steffi se sobresaltó. La tomé de la mano. Aunque intentábamos mostrarnos valientes, estábamos atrapados en las sombras de un lugar que, en efecto, parecía maldito.

—No te muevas —me dijo.

Nuestros corazones latían aceleradamente. Tuvimos la sensación de que alguien estaba detrás de nosotros. Ambos lo sentimos, giramos, pero no había nadie. Sin embargo, la extraña inquietud persistía, como si unos ojos penetrantes estuvieran observándonos desde la oscuridad.

—Vámonos de aquí —dijo Steffi.

Algo se movió con rapidez. Gritamos. Oímos el ruido de unas pisadas resbalosas en las escaleras; como si alguien con muchas patas tratara de huir.

—Es un animal —dijo ella.

—Tal vez el chimpancé.

—U otra cosa. ¡Vámonos!

Al caminar hacia la salida notamos una sombra en la esquina de la sala. No era de un animal. Era humana.

Nos quedamos helados, petrificados. Lo que estábamos viendo era real. Estaba

ahí. La sombra de un hombre amenazante nos observaba.

—Quién eres...

La sombra pareció dar un paso hacia nosotros. Chocamos con una mesa que se volteó haciendo un ruido atronador. Salimos corriendo. No nos detuvimos hasta llegar al bosque. Steffi se apoyó en un árbol, resoplando.

Era de noche. El bosque estaba oscuro.

Giramos la cabeza. Entre los árboles se veía la parte más alta de la mansión. Había una ventana rota. Detrás de ella nos pareció ver la misma sombra humana del salón principal.

—¿Estás viendo lo mismo que yo?

—Sí.

Steffi sacó la linterna que había olvidado que traía y la encendió. Corrimos.

A cada crujido de las ramas bajo nuestros pies, volvíamos la cabeza, temiendo ver a los espíritus malignos de la casa embrujada deslizándose detrás de nosotros. Nuestros corazones latían al unísono con el ritmo frenético de la huida.

EL CAIMÁN

UN CAMPEÓN ACTÚA CON PRUDENCIA
(Y NO SE DEJA MANIPULAR)

Rik nos estaba esperando.

—¿Qué pasó? Cuéntenme. ¿Vieron fantasmas? ¿Hay vampiros en la Casa Hoffman?

Le dijimos que no, pero se dio cuenta de que estábamos muy asustados.

Insistió.

—¿Por qué llegaron tan pálidos y agitados? ¡Cuéntenme! ¿Qué vieron?

—Esa casa es un lugar muy feo —le dije—. Está hecha de madera vieja que rechina. Llegamos tarde. No se veía casi nada. La casa esta amueblada. Tiene candelabros y un piano de cola. Hay animales adentro. Oímos que un gato, un mono, o algo subió por las escaleras. Ya te imaginarás. Gritamos de terror.

—De seguro era el chimpancé. ¿Qué más vieron?

Steffi y yo nos miramos. Sin palabras nos pusimos de acuerdo en callar el resto de la historia. No le diríamos nada de la enorme sombra que nos acechó, primero en la sala y después desde la ventana más alta de la casa.

Recibimos una llamada de mis abuelos. Les platicamos que habíamos entrado al circo a trabajar como mozos. No les contamos que habíamos ido a la Casa Hoffman. Les aseguramos que estábamos bien. Ellos parecían tristes. No habían podido encontrar a Max todavía. Les dimos ánimo. Nos dijeron que se apurarían en volver. Insistimos que no debían preocuparse. Estábamos bien. Colgamos el teléfono. Steffi comentó:

—Hay que dormirnos. ¿Ya llegó Lobelo?

—No —dijo Rik—, tampoco Titán.

—Ya llegarán.

Pero nunca lo hicieron.

A la mañana siguiente nos vestimos para ir al circo. Estábamos preocupados por Lobelo.

Encontramos todo más organizado. Ya no se veía la basura ni el desastre del día anterior. Los actores habían terminado de armar sus carpas. Había música, colores y voces alegres; el circo parecía un mundo aparte, ajeno a cualquier problema. Y allí, en medio de ese torbellino, encontramos a Lobelo. Estaba haciendo malabarismos en medio de sus nuevos amigos que compartían risas y charlas.

En cuanto Cachalote me vio, levantó sus enormes brazos y gritó:

—¡Felipe Malapata!, ya me dijeron que ese es tu apodo. ¡Ven! ¡Vamos a practicar!

Fuimos a la zona de animales. Sacamos a los ponis de sus corrales y los llevamos al escenario del circo; el domador usó un látigo para que los caballitos corrieran a toda velocidad. Azotaba el chicote haciendo un horrible ruido que los asustaba, pero no les pegaba. Mi trabajo era detenerlos del cabestro al final del acto y llevarlos de regreso a los corrales. Steffi y Rik me ayudaron.

Después, el domador sacó al elefante. Era más grande e imponente de cerca. A los lados había cinco mesas redondas hechas con herrería y madera.

—Traigan la mesa que tiene el número tres —ordenó Cachalote.

Era grande. Pesaba mucho. La arrastramos hasta ponerla al centro.

Esta vez el domador usó unos palos con puntas de acero para clavárselos al elefante y obligarlo a subir a la mesa. Fue asombroso ver cómo guardaba el equilibrio en esa superficie.

—Ahora traigan la mesa número dos.

Obedecimos. El domador hizo subir al elefante a la plataforma mediana.

Finalmente repitió el acto con la mesa más pequeña. Las cuatro patas del elefante no cabían en la superficie. Se tambaleó como una montaña a punto de desplomarse.

Me asombró mucho ver los ojos del enorme animal; con los párpados caídos y los lagrimales muy rojos. Parecía la mirada de un prisionero enojado y profundamente triste.

El domador le enganchó una soga a la pechera y nos hizo llevarlo de regreso a los corrales.

El acto de las guacamayas, con sus plumajes vibrantes, fue el más fácil. Solo tuvimos que abrir las jaulas y verlas volar con una precisión que rozaba lo mágico, regresando a sus jaulas después de surcar el cielo del circo.

Llegó el momento que nos puso los pelos de punta. Sacamos al cocodrilo que, en realidad, era un caimán de quijadas anchas y colmillos salientes. Lo trajimos al centro empujando su caja con ruedas en la que estaba encerrado.

Ese animal no caminaba ni obedecía como los demás. Nos miraba inmóvil, impredecible, imponente. El domador lo sacó de la caja y lo obligó a abrir la enorme boca. Rik y Steffi se fueron a las gradas. Lobelo apareció junto a ellos. Se burló de mí.

—¡Qué miedo!, ¡qué miedo!

—Ven acá, Felipe —dijo el domador—. Acércate. Mira cuántos dientes tiene este infeliz. Ya me ha querido morder varias veces. Por eso, cuando meta la cabeza ahí, tú vas a poner este palo madera en su quijada. Lo tienes que hacer con discreción para que nadie la vea. Si el malvado Rocoso quiere cerrar la boca no va a poder porque va a encontrarse con el palo. ¿De acuerdo?

Dije que sí. Las manos me temblaban. Traté de meter el palo entre los dientes del caimán. No pude. Lo intenté varias veces.

—¿Qué te pasa? ¡No tiembles!

Vi a Lobelo. Se reía de mí moviendo la mano y diciendo *qué miedo, qué miedo.*

—¡Vamos, Malapata! —dijo Cachalote—. A ver. Vamos a cambiar de lugar. Tú acércate de frente mientras yo pongo la barra. ¡Mira cómo se hace!

—No, Felipe —me dijo Steffi—, no te acerques.

—¡Es peligroso! —gritó Riky.

—¡Qué miedo!, ¡qué miedo! —coreaba Lobelo.

—¡Váyanse de aquí, niños, dejen de estorbar!

Me acerqué a Rocoso de frente.

—¿Así?

El animal abrió las fauces. Cachalote le puso el palo en la quijada.

—¡Ahora agáchate como si fueras a meter la cabeza!

Cerré los ojos y me agaché.

—¿Así?

—Acércate más. ¡Mete la cabeza! No te va a pasar nada.

Eso no era prudente. Recordé las palabras de mi abuelo en su manual. La prudencia es la virtud de los *supervivientes*. Las personas prudentes tienen habilidad para juzgar qué es lo correcto y lo que se debe hacer en diferentes situaciones teniendo en cuenta las consecuencias a largo plazo de sus decisiones. La prudencia incluye la previsión, la sabiduría, la discreción, y la capacidad de evaluar los riesgos y beneficios de una acción. Por eso, las personas prudentes viven más y mejor.

—¡No lo hagas!

—¡Qué miedo!, ¡qué miedo!

—Ándale Felipe —ordenó Cachalote—, mete la cabeza al cocodrilo. Quiero que veas cómo te protejo para que hagas lo mismo por mí.

Avancé a cuatro patas. Cerré los ojos y metí la cabeza a las fauces del caimán. Sentí sus dientes en la sien.

LA MORDIDA

UN CAMPEÓN SABE ELEVAR SU ENERGÍA Y ENFOCARSE

El caimán se movió como si quisiera cerrar su enorme boca aplastándome la cabeza. Me salí rápidamente. Se sacudió. Tenía la quijada trabada por el poste de madera.

—¡Bien! —dijo Cachalote—, ahora cambiemos de lugar.

Yo estaba temblando. Aprendí a meter el palo y trabarle la mandíbula al saurio. Ensayé varias veces. Al terminar, salí del circo confundido, entre orgulloso y arrepentido.

Steffi y Rik se veían serios.

—¿Qué tienen?

—Estoy muy enojada contigo, Felipe —me dijo Steffi; y estalló—. ¡De hecho estoy furiosa!

—¿Por qué? No pasó nada.

—Pero pudo pasar. Metiste la cabeza en la boca del caimán. ¡Arriesgaste la vida a lo tonto! Solo porque Lobelo estaba burlándose de ti. Eso no es valentía. Es debilidad de carácter. En este mundo hay mucha gente tonta que hace cosas estúpidas de las que después se arrepiente, ¡gente fracasada!, gente… —se quedó como trabada; estaba furiosa de verdad—, a ver —trató de calmarse—, ¿sabes por qué muchas personas se meten en problemas? ¡Porque sus compañeros se burlan y los presionan! ¿Cómo crees que tantos jóvenes acaban en pandillas, en delincuencia, consumiendo drogas o cometiendo crímenes? ¡Pues así! Unos le gritan "qué miedo, qué miedo" y otros le dicen "mete la cabeza a la boca del cocodrilo", y el débil de carácter obedece. ¿No te parece una estupidez, Felipe?

Esta vez me llamó por mi nombre. Quise defenderme.

—Yo no soy débil de carácter, prima. Lo hice porque era seguro.

—¿Cómo va a ser seguro? Ese cocodrilo sintió tu cabeza con su lengua y dientes; si te atrapa no te suelta hasta romperte el cuello y sacarte los ojos.

—Guak —dijo Rik.

—¡Auxilio! —escuchamos gritos desaforados en la zona de animales—. ¡El cocodrilo acaba de morder al enano!

Regresamos corriendo.

El enano estaba sentado en el suelo deteniéndose el brazo izquierdo.

—Maldito Rocoso —murmuraba—. Le estaba dando de comer y se volteó para arrancarme un pedazo de piel.

En efecto. El enano tenía una herida en carne viva en el antebrazo. Por fortuna la dentellada no había alcanzado el hueso.

—Estás bien —decían sus compañeros—no te pasó nada. Vamos a lavarte y vendarte.

—¿Por qué no llaman a la ambulancia? —dijo Steffi.

—No hace falta —dijo Cachalote—, aquí arreglamos nuestros problemas solos.

Ella insistió:

—De todas formas, sería bueno que lo revisaran —tomó el celular y llamó al doctor de primeros auxilios del pueblo—.

Qué raro —dijo con el teléfono en la oreja—. No contesta. El doc nunca tiene su celular apagado.

—¡Váyanse de aquí, niños! —dijo el hombre barbudo.

—Sí. Lárguense —dijo Lobelo—. No nos molesten.

Nos pareció extraño que en dos días Lobelo se hubiese integrado a la familia del circo.

Steffi marcó otro número. Alguien desconocido le contestó la llamada.

—¿Cómo? —dijo ella al teléfono—, ¿el *doc* no está? ¿Tampoco los dos paramédicos? ¿Salieron a un evento? ¿De qué habla? En el pueblo no hay *eventos*.

Colgó. Parecía confundida. Nos dijo:

—Está pasando algo muy extraño.

Los compañeros del enano le estaban lavando la herida con manguera de agua. Lo oímos gritar.

—¡Ay! ¡Duele! ¡Malvado Rocoso! ¡Qué mordida! —se lamentaba—. ¡Pero es lógico! ¡Ese cocodrilo tiene la pata fracturada por la cadena que nunca le han quitado! ¡Aquí todos los animales están enojados! ¡Los leones Simba y Ricardo se mueren de hambre y están infestados de garrapatas!, ¡los monos están furiosos porque los amarran con alambres!

—¡Cállate! —le dijo el hombre barbudo—, o te voy a echar a la jaula del cocodrilo para que te coma completo de una vez.

Todos rieron.

—El enano es tan chiquito —dijo alguien—, que Rocoso se lo va a comer de un bocado.

El barbudo volteó; nos vio. Vino hacia nos otros encolerizado.

—¿Qué hacen aquí, niños? Les dije que se fueran. ¡Y no se les ocurra decir una sola palabra de lo que oyeron o les va a ir muy mal!

—No se preocupe —dije—. Nosotros no escuchamos nada. Lo que pasó fue un accidente. Mañana es la inauguración. Venimos a ayudar.

—¡No vengan!

Cachalote intervino.

—Solo ven tú, Malapata.

Salimos del circo consternados, pero al mismo tiempo animados de saber que nos encontrábamos muy cerca de descubrir las pruebas de un delito que el policía necesitaba.

Esa tarde llamamos por teléfono al veterinario y le contamos lo que el enano había dicho respecto a la pata rota del cocodrilo, las garrapatas de los leones hambrientos y el enojo de los monos amarrados con alambres. También llamamos a mis abuelos y platicamos con ellos. Era triste sentirlos tristes. Todavía no habían logrado encontrar a Max.

Al día siguiente fuimos al circo dos horas antes de que empezara la función. Nos mostramos alegres y entusiasmados, como si no hubiera pasado nada. En secreto buscábamos al enano. No estaba por ningún lado.

Cuando Cachalote me vio, se puso feliz.

—Qué bueno que llegaste, Malapata —el gigantón se tambaleaba; estaba más borracho que otras veces—. ¡Ponte tu ropa! Y ustedes niños —se dirigió a Steffi y Rik—, ya les dijeron que no estorben.

—Es mi prima y mi hermano —los defendí—. Siempre andamos juntos.

—Pues aquí no pueden estar. Váyanse a las gradas. Vean la función desde ahí. Siéntense en primera fila. Son nuestros invitados especiales.

—Está bien.

Se alejaron. Pero, después de unos minutos, Steffi regresó y me llamó a solas.

—Felipe. No se te ocurra volver a meter la cabeza en la boca del caimán.

—Claro que no, jamás lo volvería a hacer.

—Escúchame. De todas formas, estar ahí en esos actos con animales salvajes es peligroso. Pero tú puedes lograr cualquier cosa si elevas tu energía y te enfocas. La energía del cuerpo se maneja con la mente. No te permitas sentirte débil o dudoso. Que nada te distraiga. Concéntrate en la tarea que tengas que hacer. No pienses en nada más que en el momento presente. Sé determinado, respira, eleva tu energía y enfócate. Todo va a salir bien.

No entendí todo lo que me dijo. Solo sentí su apoyo y cariño. Quise abrazarla. Me quedé quieto, dudando.

—Gracias, Steffi.

Fue ella la que se acercó a mí y me abrazó.

—Te quiero —me dijo.

Por un minuto no pude moverme. La vi alejarse. Siempre me pareció ridícula la expresión de "sentir mariposas en el estómago". Esa tarde la entendí.

El circo se llenó.

Todos los habitantes del pequeño pueblo estaban ansiosos por presenciar el espectáculo.

Las luces brillaban y la música llenaba el aire de emoción.

Pude ver a Rick y a Steffi sentados en la primera fila, sonriendo con entusiasmo. Los saludé moviendo la mano; se sorprendieron al verme con un traje de colores.

Encontré a Lobelo. También estaba vestido con una camisa de lentejuelas.

—Voy a hacer malabares —me dijo—, y tú ¿vas a volver a meter la cabeza en la boca del cocodrilo? ¡Ayer te atreviste! No creí que lo hicieras. Mis respetos.

A medida que se acercaba el momento de subir al escenario, sentí una combinación de miedo y euforia.

Recordé las palabras de Steffi: *eleva tu energía y enfócate; sé determinado, respira y no te permitas sentirte débil o dudoso.*

Al fin llegó el momento. Presentaron a Cachalote Domador; se escuchó música triunfal, entró al escenario. Lo seguí.

ESTAMPIDA

UN CAMPEÓN ES ASERTIVO

El primer acto fue sencillo. Solo tuve que atrapar unos conos que Cachalote iba desechando mientras los ponis galopaban alrededor de la pista. La multitud animaba con entusiasmo, y eso me daba fuerzas para atrapar los conos en el aire.

En el segundo acto sostuve la jaula de las guacamayas para que volaran obedeciendo a Cachalote y regresaran hasta donde yo estaba.

Luego fue el número del elefante. El gigante paquidermo salió al centro del escenario. Su piel estaba adornada con pomposos atuendos y pintura brillante. Le pasé las mesas de herrería y madera a Cachalote para que el elefante se subiera en ellas. Un par de veces creí que me pisaría.

A medida que avanzaba el espectáculo, mi confianza crecía, y me sorprendía de lo bien que me iba.

El acto del cocodrilo resultó el más peligroso, como era de esperarse. Detuve la cadena de su pata fracturada, cuando sintió el grillete reaccionó con violencia dándome un coletazo que me lanzó al suelo. Sentí un dolor punzante en el pecho y por un momento pensé que me había roto una costilla.

Regresé a detener al enorme lagarto; Cachalote me dio la señal y metí el palo en su quijada para que el introdujera la cabeza entre sus fauces. El cocodrilo volvió a lanzarme otro coletazo; logré esquivarlo. La gente gritó. Luego rio. Hubo aplausos y música.

Salimos de escena. Tras bambalinas, respiramos y reímos. Había sido un éxito.

—Muy bien, Felipe —me dijo Cachalote Domador—, eres un buen ayudante; me vas a acompañar siempre —respiró con dificultad como si le faltara aire—. ¿No quieres una copita?

—No gracias... pero necesito que sepas algo. Yo no puedo ayudarte siempre; solo hoy. O estos días. Vivo en otra ciudad. Pronto me voy a ir.

—¡Tú no te vas a ir! ¡Eres mi ayudante! —me tomó del brazo con mucha fuerza y me arrastró hacia su camerino.

—¡Suéltame!

—Ven acá. Y cállate. Tienes que aprender a amar este circo. Como tu amigo Lobelo. Él se va a quedar aquí. Tú también.

Me empujó dentro de su cuartito de lona.

Sentí su aliento alcohólico como de dragón.

—¿Qué haces, Cachalote? ¡Déjame ir!

—¡Cállate!

Tomó un garrote y quiso golpearme en la cabeza. Lo esquivé.

—¿Qué haces?

—¡Te voy a dormir! Cuando despiertes vas a estar más tranquilo.

¿Me iba a dormir de un golpe? ¡Solo a un demente se le podía ocurrir semejante salvajada! Trató de pegarme varias veces. No lo logró. Salté de un lado a otro, esquivándolo. Salí corriendo. Me quité la ropa de lentejuelas y fui a las gradas para unirme con mi familia.

—¡Qué bien lo hiciste, Felipe! —dijo Rik.

Me senté junto a Steffi. Le susurré al oído:

—Cachalote se volvió loco. Quiso pegarme con un garrote.

—¿Cómo?

—Trató de obligarme a tomar alcohol. Me dijo que no podía irme. Que yo era su ayudante *para siempre*.

Ella se quedó atónita.

La gente aplaudió el siguiente acto.

Recordé una de las virtudes más importantes que mi abuelo había escrito en su manual de carácter. ¡Cómo me hacía falta desarrollar esa virtud! Asertividad: es la capacidad de expresar nuestros pensamientos, sentimientos y necesidades de manera directa, y honesta, mientras se respete a los demás. ¡Qué desafío tan importante! El reto de la asertividad es poder recuperarnos rápidamente de las agresiones y ataques, levantar la cabeza y la voz para hablar de manera tajante y respetuosa, defendiendo nuestros derechos sin permitir que abusen de nosotros. ¡A cuántos jóvenes nos hacía falta aprender a resistir agresiones y responder ante los intentos de manipulación o abuso, protegiendo nuestro bienestar y dignidad!

—Hay que estar atentos, Felipe —me dijo Steffi—. Por si vuelve a aparecer Cachalote. Y en cuanto termine la función hay que denunciarlo.

Entonces se escucharon gritos de gente aterrada. Varias personas de nuestra gradería saltaron, dispuestas a salir corriendo.

Un malabarista había aventado su antorcha al aire y había caído sobre paja seca junto a la pared de la carpa.

—¡Se está incendiando! —las voces de alarma siguieron. El humo comenzó a llenar el lugar. Nos paramos de un salto.

—Si no controlan las llamas —dijo Steffi—, el incendio se va a propagar.

En ese lugar estábamos cientos de personas encerradas.

El fuego chisporroteó alimentado por la paja seca que cubría el suelo. El humo comenzó a llenar la carpa enmascarando las luces brillantes. La gente tosía. Se desataron alaridos descontrolados.

—¡Traigan los extintores! —dijo alguien.

Al parecer no había, porque los actores y trabajadores del circo traían cubetas de agua.

El humo se acumuló oscureciendo la carpa y convirtiéndola en un laberinto infernal. La gente buscaba desesperadamente una salida, chocando y tropezando en la confusión. La audiencia, minutos antes llena de risas y aplausos, ahora gritaba despavorida.

—Cálmense, no se empujen —un hombre del pueblo dirigía la evacuación—, hay tiempo. Caminen despacio —elevó la voz al máximo—. ¡Despacio! ¡No se atropellen!

De pronto toda la sección de lona que estaba en llamas se desprendió del resto de la carpa, como si a una habitación se le hubiese caído una de sus paredes y el incendio se localizó en el suelo. Eso fue bueno. Al menos el fuego ya no se extendería sobre nuestras cabezas.

Cachalote, Lobelo, el barbudo, los malabaristas y todos los trabajadores del circo estaban en el redondel tratando de controlar el incendio. La gente seguía saliendo, ahora con más orden gracias al liderazgo espontáneo de algunos hombres.

Fui directo a la parte de atrás del escenario; al lugar donde había más paja seca acumulada: la zona de animales. El incendio estaba empezando ahí.

Steffi y Rik me siguieron.

—Miren —les dije—, los leones enfermos se volvieron locos por el fuego—. ¿Les abrimos la reja?

Escaparían al bosque y se pondrían a salvo. Pero ¿y si atacaban a alguien? Steffi y Rik dudaron. Entonces apareció el enano. Tenía el brazo derecho vendado; eso no le impedía moverse. Se nos adelantó. Le abrió la puerta a los leones que salieron corriendo hacia los árboles.

El elefante se paraba de manos. A él nadie tuvo que abrirle. Rompió los barrotes de madera que lo detenían y corrió derribando todo lo que encontraba a su paso.

Steffi y yo abrimos el corral de los ponis; salieron galopando despavoridos.

El enano les abrió a las guacamayas. Las vimos volar.

Rocoso daba coletazos encadenado dentro de su caja.

—A él no podemos dejarlo escapar —dije.

Pero el enano llegó y lo liberó también. El cocodrilo que solía estar siempre inmóvil se arrastró, alejándose.

Uno a uno, los animales corrieron hacia la libertad, desapareciendo en las sombras del bosque.

—¡Váyanse todos! —les gritó el enano—, ¡es su oportunidad! ¡Váyanse lejos y no vuelvan!

Mientras los actores y trabajadores trataban de controlar el incendio central, el hombrecito, a escondidas, (aunque con un poco de ayuda nuestra) se había encargado de generar una estampida.

Nuestras miradas se cruzaron.

—Enano. ¿Estás bien?

—Sí —contestó—. Estoy bien porque encontré donde esconderme; y me cuidan; soy el nuevo Manolito.

En ese momento escuchamos los gritos de Cachalote Domador:

—¡Los animales! ¡Se escaparon! ¿Quién los dejó salir de sus jaulas?

VIDEOLLAMADA

UN CAMPEÓN ES RESILIENTE

Llegaron los bomberos y bañaron la carpa de agua. En menos de quince minutos lograron apagar el incendio.

Afuera había mucha gente herida; personas pisadas, aplastadas, con contusiones y episodios de histeria. El tumulto atropelló a niños y ancianos.

Cachalote aullaba:

—¡Alguien dejó salir a los animales! ¡Abrieron los cerrojos! ¿Quién fue?

El barbón se le unió. Voltearon a todos lados. Nos descubrieron.

—¡Ustedes! ¡Traidores! ¡Fueron ustedes!

Corrieron hacia nosotros como dispuestos a matarnos. Huimos dándole la vuelta a la carpa. Nos persiguieron. Llegamos hasta la patrulla con el jefe de la policía. Nos refugiamos detrás de él.

—¿Qué pasa aquí?

—Esos hombres quieren golpearnos. Son los jefes del circo.

—¿Ustedes son los jefes? ¡Estaba buscado a los responsables de este incendio! Hay mucha gente lesionada por incumplimiento de las normas básicas de protección civil y negligencia. Los voy a detener.

En ese momento se escucharon los gritos de personas que pedían ayuda. Uno de los heridos parecía tener un infarto. El jefe de la policía se apresuró a auxiliarlo. Cachalote y el barbudo corrieron a esconderse.

Fue una noche larga.

Afortunadamente todas las personas lastimadas se recuperaron y salieron caminando por su propio pie.

Steffi, mi hermano y yo le explicamos al jefe de la policía todo lo que habíamos descubierto. El alguacil movió la cabeza y dijo:

—Gracias. Vamos a reportarlo a la fiscalía. Mañana vendremos a detener a los responsables, y haremos una brigada para rescatar a los animales que escaparon. Por lo pronto, emití una alerta para que todas las familias permanezcan en sus casas esta noche. Ustedes hagan lo mismo.

—Sí, oficial.

El abuelo había planeado un *retiro de carácter* para jóvenes en el bosque. No se pudo hacer. Pero lo que habíamos vivido estos días había sido mucho más poderoso. Aprendimos a ser resilientes: La resiliencia consiste en crecer frente a la adversidad, el trauma, la tragedia o el estrés. El manual decía que la resiliencia es fundamental para la salud mental y el bienestar, porque permite a las personas manejar las crisis a corto plazo y también los desafíos repetidos de la vida. Eres resiliente si te repones rápido, si aprendes, mantienes el optimismo y el ritmo de trabajo sin bajar la guardia.

Ya en casa, Steffi preparó de cenar, en silencio.

Nos sentamos alrededor de la mesa sin hablar. La cena tuvo un sabor agridulce.

Después de un rato escuchamos el sonido de la puerta al abrirse. Levantamos la mirada. Era Lobelo; estaba lleno de tizne y tierra. Parecía un soldado cansado que llega de la batalla. Atrás de él, su fiel perro.

Entró sin saludar. Subió las escaleras. No tardó mucho en bajar. Traía su maleta de tela recién llenada a toda prisa.

—¿Qué pasa, Lobelo? —preguntó Steffi.

—Ya me voy.

—¿A dónde?

—Con mis amigos del circo. Ellos no son traidores, como ustedes.

—¿De qué hablas? Ven. Al menos toma algo de cenar.

Lobelo siempre tenía hambre, así que se acercó.

—Siéntate —le pidió Steffi con voz dulce—, te sirvo un plato —lo hizo—. Cuéntanos. ¿Qué piensas hacer?

Lobelo se comió de tres bocados todo lo que había en el plato. Con la boca todavía llena, dijo:

—Me voy a ir de aquí. A cualquier lado. No quiero estar con ustedes.

—Te trajeron mis abuelos —le dije—. Si quieres irte, les tienes que decir a ellos.

—¡Pues márcales! No tengo problema en explicarles que ustedes son unos traidores. Aprovecharon el accidente del incendio para dejar salir a todos los animales. Y después hablaron con la policía para levantar cargos contra los dueños del circo y acusarlos de muchas mentiras.

—No fueron mentiras, Lobelo —me defendí—, nosotros cuatro estuvimos de acuerdo en meternos ahí para a investigar lo que pasaba; ¡a eso fuimos!, ¿ya no te acuerdas? El objetivo era descubrir si maltrataban a los animales y si pasaban cosas malas ahí dentro. ¡Y eso descubrimos!

—¿Qué descubrimos? ¡Yo no descubrí nada! ¡Ustedes se creen detectives y tienen la cabeza llena de basura! ¡En ese lugar no pasan cosas malas! Ahora por culpa de ustedes el circo se va a ir a otro lado. Ya empezamos a levantar todo.

—Se van a ir porque tienen responsabilidad penal —contesté—. La policía los va a detener mañana. Hubo muchos heridos. El lugar ni siquiera tiene extintores. Está descuidado. Hay mantas inflamables y paja donde no debería. También quiebran a los animales. Esa es su técnica. Quebrarles el alma para dominarlos. Eso descubrimos. Sí son cosas malas.

—Por eso te dicen Malapata. No quiero estar cerca de ti —tomó su mochila con ropa—. Ya me voy.

Se escucharon los tonos intermitentes del teléfono celular de Steffi. Mientras Lobelo y yo discutíamos, ella había marcado una videollamada a los abuelos.

—¿Hola?

—Hola, mamá. ¿Está papá por ahí contigo?

—Sí, aquí está.

Steffi puso el teléfono sobre la mesa apoyándolo en un vaso. En la pantalla se vio el rostro de mis abuelos. Nos saludaron.

—¿Cómo están, hijos? Nos da gusto verlos a los cuatro juntos.

—Papá —dijo Steffi—. Te llamé porque tenemos un pequeño problema. Ayer te platiqué que habíamos ido al circo. Hoy hubo un accidente y mañana seguramente el circo se va a ir; Lobelo se hizo amigo de los malabaristas. Bueno, pues ahora dice que se quiere ir a vivir con ellos.

—¿Qué accidente hubo?

—Nada grave. Ya te contaré. Lobelo hizo su maleta y ya se va. Pero nosotros le dijimos que no se puede ir sin avisarles. Porque ustedes lo trajeron a la cabaña.

—Eres menor de edad Lobelo, no te puedes ir solo. Nosotros somos los adultos responsables de ti.

—¿Responsables ante quién? Yo no tengo padres. En todos lados yo soy un estorbo. Si me voy nadie me va a extrañar. Seré un problema menos para ustedes. Y estaré con adultos que decidieron adoptarme. Además, quieren mucho a mi perro. No le tienen miedo ni les molesta como a ustedes.

—¿Qué adultos te quieren adoptar?

—El jefe de los malabaristas se llama Pablito. Dirige un equipo unido. El primer día me pusieron a prueba con cinco botellas. Comencé a aventarlas —hizo mímica con las manos—, les demostré que puedo hacer girar las botellas en el aire a toda velocidad, pero también que puedo dar vueltas y maromas al mismo tiempo. Me aplaudieron. Se rieron. Me felicitaron. Tenían curiosidad por saber dónde aprendí a hacer eso. Y les dije la verdad. Aprendí en los semáforos de la ciudad. Les caí bien. Me aceptaron en su grupo. El segundo día se la pasaron entrenándome. Al tercer día me dieron mi propio acto. Ya no quiero trabajar en los semáforos. Quiero ganar mucho dinero, como Pablito.

—Te tomaron el pelo —interrumpió Rik—, si ellos ganaran mucho dinero no vivirían en ese lugar tan feo.

—Tú cállate, Ricardo, no sabes nada. Ninguno de ustedes se da cuenta de que las personas del circo son buenas. Y que no le hacen daño a nadie. Yo estoy muy triste porque algo salió mal en la función de hoy y todo el pueblo nos quiere linchar. Pero ya encontré una familia. Y no son ustedes.

Mis abuelos se quedaron callados con los ojos muy abiertos.

—Espéranos —dijo el abuelo con voz titubeante—. Mañana vamos de regreso a la cabaña. Danos oportunidad de platicar contigo en persona.

—Sí —dijo Steffi—. No te vayas ahorita, Lobelo. Piénsalo. Entendemos que Pablito y sus amigos son gente buena, pero ve todo lo que pasa en ese circo. Cachalote toma mucho, pierde la razón y se vuelve agresivo. Por eso su esposa escapó, y también el chimpancé que tenían como mascota. ¡No te conviene vivir en un ambiente así!

—Yo soy del grupo de Pablito. No trato con Cachalote ni con sus animales. No se preocupen por mí. Me tengo que ir. Tenemos mucho trabajo. Vamos a levantar la carpa y a empacar durante toda la noche. También vamos a buscar a los animales que ustedes dejaron escapar.

Se puso de pie.

—Espera —dije.

—Adiós

Se dio la vuelta. Tomó sus cosas y salió de la cabaña.

LA CARTA

UN CAMPEÓN ES LEAL A LOS SUYOS

Lobelo salió de la casa sin que nadie pudiera detenerlo.

Mis abuelos permanecieron conectados a la videollamada. Se veían muy apesadumbrados.

—No te sientas mal, papá —le dijo Steffi—. Lo más seguro es que va a regresar. Como cuando quiso quedarse en la carretera después del incidente de la vaca. Amenazó con irse y después se subió a la camioneta. Hizo lo mismo la primera noche aquí. Dijo que iba a dormir afuera y a la una de la mañana se metió a dormir a la cama. Él es así.

Sonreí. Mi prima tenía razón. Pero sus padres no parecían consolados.

—Creo que esta vez es diferente —dijo el abuelo—. Fracasé. Fallé otra vez. Yo invité a Lobelo; quise ayudarlo a mejorar su vida. Pero, por lo visto, lo hice mal —y repitió— otra vez.

—No estés triste, papá —insistió Steffi—. Acuérdate lo que nos has enseñado. En momentos difíciles debemos resistir, levantar la cara y seguir luchando.

Esta vez las palabras que otras veces nos inspiraron, parecieron huecas. No hay nada más desolador para un equipo que ver a su líder derrotado.

La abuela trató de consolar a su marido:

—Conocimos a ese muchacho hace apenas una semana; no puedes culparte de todo lo que trae arrastrando. Ahorita, por lo menos lo sacaste de la calle y está en un lugar donde hay gente que lo arropó como parte de su familia. Eso es bueno. Además, no eres responsable de las decisiones que tomen los demás.

—Lo mismo me has dicho siempre de Max. Que yo no soy responsable de sus decisiones. ¿Te acuerdas? Pero si los jóvenes van a hacer lo que quieran, por muy malo que sea, ¿para qué existimos los padres? ¿No podemos influir ni siquiera un poco en la vida de nuestros hijos?

Una sensación de pérdida y desilusión lo afectaba en lo más profundo.

Steffi dijo con la voz entrecortada, a punto de llorar:

—Papá, no digas eso. ¡Has influido en mi vida! No solo has influido. Me has salvado. Yo estaría hundida y perdida si no fuera por ti. Mírame, papá. No tenías por qué haberme adoptado. Solo era una vecina lejana del pueblo, pero cuando tú y mamá supieron que me quedé huérfana lucharon contra cielo, mar y tierra por ayudarme. Y aquí estoy. ¡Soy una persona feliz! Gracias a ustedes. No tengo su sangre, pero tengo su ADN espiritual. No nací en esta casa, pero esta es mi familia, soy de su equipo y nunca me voy a ir a un circo de malabarista.

Reímos.

—Cómo me gustaría estar ahí para abrazarte, hija. Y cómo me gustaría que Max hubiera dicho lo mismo alguna vez. Steffi, eres mi princesa. Te amo mucho, pero hay una parte de mi corazón que está rota.

Ella se soltó a llorar.

—Lo sé, papá. Y me duele mucho no poder ayudarte a sanar esa rotura.

—Mañana vamos para allá. Descansen.

Cortamos la llamada.

Nos fuimos a dormir envueltos en un dolor indescriptible.

Tomé mi libreta de apuntes y escribí.

Querida prima:

Aunque prefiero decirte Steffi. Estoy muy conmovido. Vi la forma en que animaste y consolaste a tu papá.

No tengo palabras para decirte cuánto aprecio tu buen corazón y nobleza. Te he visto defender a tu familia adoptiva con valentía. También he visto que eres agradecida y no tienes temor de decirle a todos cómo fuiste rescatada. Tu amor y cuidado hacia mis abuelos es conmovedor. Admiro la forma en que siempre estás ahí para ayudar a los tuyos.

Dijiste frases que no se me olvidan: "no tengo su sangre, pero tengo su ADN espiritual; no nací en esta casa, pero esta es mi familia, soy de su equipo y nunca me voy a ir".

¿Sabes, Steffi? Hay muy poca gente que piensa así. La lealtad es una virtud que ya casi no existe. Las personas ya no son fieles a nada. Los esposos se engañan, los hijos se rebelan contra sus papás, los socios se traicionan, los empleados rompen la unión de las empresas. La gente ya no se compromete con su equipo. Buscan siempre lo malo y lo encuentran, porque ningún lugar es perfecto, pero ponen de excusa cualquier detalle para destrozar la unión. Ya no hay lealtad hacia ideales y valores.

Ahora que te conozco un poco mejor, veo que tú eres diferente y especial.

Quiero que sepas que estoy muy agradecido de que formes parte de mi vida. Tu amistad ha sido un regalo maravilloso. Me gustaría ser tu amigo siempre; estar presente en los buenos y malos momentos.

Con cariño y admiración:
Felipe.

Nos levantamos temprano y fuimos al circo.

Para nuestra sorpresa, solo había una estela de basura y una camioneta recogiendo los últimos tornillos y barras de herrería.

El veterinario del pueblo, con dos colaboradores, habían llegado minutos antes dispuestos a buscar a los animales sueltos.

—¿Qué pasó, doctor? —preguntó Steffi—. ¡El circo desapareció! ¿Cómo recogieron todo tan rápido?

—Nosotros llegamos en la madrugada. Todavía vimos al tráiler que se estaba yendo. Empacaron todo rapidísimo. Tenían miedo de que les levantaran cargos por los heridos de anoche. Hablamos con un hombrecito pequeño.

—El enano, ¿qué dijo?

—Que encontraron a la mayoría de los animales. Solo dejaron ir a las guacamayas y a los monos. Yo le dije que era veterinario y le di mi tarjeta. Él me encargó mucho que buscáramos al chimpancé que escapó. Tenían razón. Hay un chimpancé herido y perdido.

—Y también una mujer —dijo Steffi—, fuimos a buscarlos. Pero no tuvimos suerte.

—Habrá que persistir.

Regresamos a la casa.

Pasamos el resto de la mañana arreglando cosas y leyendo.

Aproveché la calma para darle a Steffi la carta que le escribí.

Ella la leyó en silencio. Se limpió una lágrima y me abrazó. No dijo más. Se encerró en su habitación.

Volví a estudiar completo el manual de carácter del abuelo.

Subrayé una de las virtudes principales que debía desarrollar: Valentía.

—Es la una de la tarde —dije motivado por mis reflexiones sobre valentía—; tenemos mucho tiempo de luz. ¿Por qué no vamos a la Casa Hoffman y la vemos de día? Tal vez encontremos a la mujer y al mono.

Mi sugerencia flotó en el aire.

—Si van a la mansión embrujada de día —dijo Rik—, yo los acompaño.

—Ya fuimos ahí —objetó Steffi—. No está la mujer. En cambio, vimos... otras... cosas...

Traté de convencerla.

—¿Te acuerdas cuando confundimos un montón de maleza en la arena del río y pensamos que era un chimpancé? La mente puede engañarnos. Esa noche nos asustamos mucho porque escuchamos un animal y porque vimos un fantasma... Estuve pensando que tal vez no era nada. No sé... Yo creo que con luz del sol podemos develar los secretos y tal vez encontrar al chimpancé y a la esposa del domador.

—¿Vieron un fantasma? —preguntó Rik—, ¿Por qué no me platicaron?

—Está bien —dijo ella—. Vamos.

HEMORRAGIA

UN CAMPEÓN ES VALIENTE Y COMPASIVO

Preparamos una mochila de provisiones y emprendimos el camino hacia la casa embrujada. Esta vez el sol brillaba alto en el cielo y su luz disipaba las sombras que tanto habían alimentado nuestros temores la vez anterior.

Trotamos por los senderos, esforzándonos por mantenernos juntos y no dar cabida a que alguien pudiera perderse.

Llegamos al río; nos dio la bienvenida con sus aguas cristalinas y su suave murmullo.

Pensé que la Casa Hoffman estaría cerca, pero no fue así.

Caminamos río abajo, rodeados de una vegetación exuberante que nos hacía sentir como si estuviéramos en un oasis escondido.

Volvimos a internarnos en la espesura a paso rápido durante veinte minutos más; al fin llegamos a la vieja mansión. El césped amarillo con pequeñas flores moradas se extendía como una alfombra extraña frente a nosotros.

Nos acercamos despacio. La imponente construcción de madera se erguía ante nosotros, menos amenazante a la luz del día, pero aún envuelta en un aura de misterio y desolación.

Recordé la virtud que había estado estudiando esa mañana.

Valentía. Significa firmeza ante el miedo; reconocer el temor y enfrentarlo. Las personas valientes muestran una fuerte voluntad y compromiso para superar obstáculos, defender sus creencias o proteger a otros.

La valentía implica actuar correctamente o perseguir un bien mayor, a pesar de los riesgos.

La persona valiente no es imprudente; maneja el miedo para llevar a cabo acciones justas, necesarias y valiosas.

Jalamos la pesada puerta de madera. Las bisagras chirriaron en protesta.

Los rayos de sol se filtraban a través de las ventanas rotas.

—Mira —le dije a Steffi señalando hacia la esquina donde habíamos visto la sombra fantasmal; había un maniquí de madera como el que se usa para modelar ropa en las tiendas—. ¡Es solo una estatua!

Ella suspiró.

—Qué tontos. El otro día casi nos matamos huyendo de aquí.

Entonces vimos algo extraño junto a la mesa del comedor: había una cobija en el suelo y migajas de pan alrededor. Pero no solo eso. Sobre la superficie había una lata de atún vacía y un plato sucio.

—La mujer duerme aquí.

En ese momento, todos los miedos y las historias sobre fantasmas y vampiros se desvanecieron.

Algo se movió en la esquina debajo de un viejo piano de cola.

Ahí estaba, acurrucado y vulnerable. El chimpancé. Vivo, aunque claramente asustado y herido; alguien había tenido la bondad de ponerle un vendaje en el cuello.

Recordé otra virtud del manual. Lo tenía fresco en la mente. La compasión humana. Nos hace percibir el sufrimiento de los demás y tener el deseo de aliviarlo. La compasión va más allá de la simpatía; nos motiva a actuar con bondad, y cuidado hacia aquellos que están enfrentando dolor o dificultades.

Al practicar la compasión, las personas no solo buscamos entender los sentimientos y experiencias de los demás, sino que también nos interesamos en dar consuelo, apoyo y asistencia de forma desinteresada.

La razón por la que estábamos ahí era esa. Simplemente: compasión.

—¡Señora! Salga de donde esté —gritó Steffi—. ¡Esposa de Cachalote el domador! ¡Somos amigos!

Steffi caminó hacia las escaleras como dispuesta a subir. La seguí. Grité:

—¡Señora, queremos ayudarla! ¡A usted y a Manolito!

Mientras tratábamos de comunicarnos con la mujer, mi hermano se acercó al chimpancé que seguía acurrucado. Cuando Riky quiso tocarlo, el animal reaccionó con violencia. Le saltó encima y le mordió la pierna.

Riky gritó.

El chimpancé con ojitos humanoides, pero reflejos salvajes, subió las escaleras para esconderse en el piso superior.

Mi hermano daba alaridos deteniéndose la pierna derecha con ambas manos.

Corrimos a ayudarlo.

—¡Me duele mucho!

—Calma, Riky. Respira hondo.

La mordida del mono había traspasado la piel de la espinilla y le estaba saliendo mucha sangre.

Steffi sacó el celular y trató de marcar. Aunque sabía de antemano que no había señal.

Pensé: La compasión era una virtud humana. Nosotros podíamos sentirla hacia otras personas y animales. Pero los animales no. Ellos actuaban por instinto. Muchas personas son mordidas por sus propias mascotas. Perros y gatos han atacado a sus dueños o visitantes. No se diga ardillas, aves, reptiles o monos. ¡En esos días habíamos visto dos accidentes similares!

—Tenemos que buscar ayuda —dije—. Estamos muy lejos. Vamos. Párate, Rik, ¿puedes caminar?

Lo intentó. No podía. Seguía llorando. Su pantalón estaba empapado de sangre. La mordida del mono le había alcanzado una vena.

—Estoy mareado. Siento que me voy a desmayar.

—Hay que ponerle un torniquete.

Steffi arrancó una cortina de la mansión y la hizo jirones; le amarró la pierna a Rik. La hemorragia se controló.

Mi hermano no cooperaba. Era como un muñeco de trapo. Lo cargué.

—¡Si hay alguien en esta casa! —gritó Steffi—, ¡necesitamos ayuda!

Nadie contestó.

Abandonamos la Casa Hoffman cargando a Riky; su sangre manchaba mi ropa y manos. El torniquete que colocamos en su pierna solo era un calmante temporal.

A los diez minutos me derrumbé, agotado.

—¡Mi hermano pesa mucho!

Se había desmayado. Tratamos de despertarlo. No reaccionó.

La hemorragia continuaba. Steffi le apretó el torniquete y me ayudó a cargarlo. Ella tomó las piernas y yo, los brazos. Caminamos con torpeza. A ese paso tardaríamos tres horas en llegar.

Steffi dijo que no iríamos hacia el río, sino que atajaríamos por la mitad del bosque; un camino más difícil, pero corto.

El peso de Rik se sentía no solo físico sino emocional.

El miedo se había vuelto un enemigo amenazante, más que cualquier espíritu o bestia de leyenda. Era una lucha real y desesperada por la supervivencia.

EL FOSO DE LAS GOLONDRINAS

UN CAMPEÓN TIENE FE

El camino se había vuelto una tortura lenta y desesperante. De pronto nos pareció ver a una mujer en el sendero. ¿Era un espejismo?

No...

Estaba ahí. De pie. En medio de dos árboles.

—¡Hey! —gritó Steffi—, necesitamos ayuda.

No se movió. Nos acercamos a ella. Percibí el olor a un perfume de flores.

¿Ivi?

Su presencia irradiaba calma. Seguimos avanzando hacia ella. Una fuerza invisible nos detuvo, como un campo magnético que no nos dejó acercarnos más.

—Vayan al *Foso de las golondrinas* —nos dijo.

Bajamos a Rik para descansar.

—¿Cómo? —preguntó Steffi—. ¿Quién eres? ¿Qué haces aquí? ¡Ayúdanos! Mi primo se está desangrando.

—Vayan al *Foso de las golondrinas* —repitió.

—¡No! ¡Ese lugar está en una caverna! ¡Hacia el lado contrario! Riky necesita ayuda urgente. Si nos metemos a ese hoyo no vamos a poder salir.

—Vayan ahí.

Mi prima y yo nos miramos confundidos. Steffi quiso protestar, pero cuando volvimos la vista hacia adelante, la joven ya no estaba.

—Hay que obedecer —dije.

—Claro que no, Felipe. ¡Eso es una locura! El *Foso de las golondrinas* es un lugar profundo. Difícil de llegar e imposible de salir de ahí cargando a Riky. Tenemos que seguir caminando hacia el pueblo o tu hermano se puede morir.

—Steffi. Cálmate. Mírame a los ojos. Acabas de presenciar un milagro.

—¿De qué hablas?

—Un día me preguntaste por qué un ángel, o varios, se comunicarían conmigo, pero a ti te habían dejado en el olvido. ¿Te acuerdas? Yo te contesté que quizá los ángeles también se comunicarían contigo algún día. Pues acaba de suceder.

—¿Esa mujer era Ivi?

—No, pero se parecía. Olí su perfume y sentí como vibraciones. ¿Tú no?

—Sí.

—Vamos a obedecer.

Steffi asintió.

Volvimos a cargar a mi hermano y nos dirigimos al *Foso de las golondrinas*. Estábamos muy cerca. A escasos cien metros.

Apenas comenzamos a bajar la escalera natural hacia la caverna escuchamos ruidos. ¡Había gente ahí adentro!

Gritamos.

—¡Ayúdenos!

La experiencia iba a quedar grabada en Steffi y en mí para siempre: un recordatorio de que, incluso en los momentos más desesperados, nunca estamos solos.

Varios jóvenes subieron a nuestro encuentro.

—¿Qué pasa? —preguntó uno de ellos.

—Mi hermano. Tiene una herida. Se desmayó.

Nos ayudaron a cargarlo. Bajamos al valle.

En el *Foso de las golondrinas* se estaba llevando a cabo un campamento juvenil. Había tiendas de campaña y evidencia de que pronto se encendería una fogata.

El médico de urgencias del pueblo y su paramédico nos recibieron.

—¡Steffi! ¿Qué sucedió?

Le explicamos.

Los doctores actuaron rápido. Tenían una maleta de medicinas y utensilios. Cortaron el pantalón de Riky, descubrieron la herida, detuvieron la hemorragia. Lo inyectaron. Controlaron sus signos vitales. Le dieron palmadas en el rostro. Los ojos de mi hermano se abrieron lentamente. Cuando despertó, todos los jóvenes alrededor aplaudieron. Algunos lo saludaron, le dieron ánimo, hablaron con él. El médico le explicó dónde estaba y qué sucedía. Después le puso anestesia local.

Con extremada pericia ambos doctores le practicaron una pequeña cirugía para cerrarle la herida.

En menos de una hora mi hermano estaba fuera de peligro, recostado entre mullidas bolsas de dormir, dentro de una cálida tienda de campaña.

El doctor principal sacó de su mochila un teléfono satelital e hizo una llamada. Luego le dijo a Steffi:

—Acabo de hablar con tu papá. Ya le informé lo que pasó. Me dice que vienen en carretera. Llegarán al pueblo en unas horas.

Estábamos muy confundidos.

—¿Qué hacen aquí, *doc*? —preguntó Steffi.

—Estamos llevando a cabo el *retiro juvenil de carácter*.

—Pero mi papá lo canceló.

—Sí. Hace unos días me llamó para decirme que lo iba a posponer. Lo lamenté mucho. Pero luego me di cuenta de que había demasiada expectativa. Incluso habían llegado jóvenes de otros lugares. Así que el doctor Martínez y yo decidimos hacerlo. Tu papá nos había dado sus manuales. Era todo lo que necesitábamos.

—¿Por qué no me avisaste, *doc*?

—Antier fuimos a buscarte, Steffi. Tocamos la puerta de tu casa por más de media hora. No había nadie.

—Estábamos trabajando en el circo —dijo ella con tristeza.

—Ya veo... por cierto, me enteré de que anoche se incendió y hubo algunos heridos por empujones y pisotones.

—Fue algo terrible —dijo Steffi.

—Estuvimos monitoreando desde aquí con el teléfono satelital. Por fortuna los heridos se recuperaron.

Rik gimió. El doctor se acercó a tocarle la frente.

—¿Está bien?

—Sí —se dirigió a mí—, solo que la herida de tu hermano es preocupante. El mono que lo mordió pudiera estar infectado.

—¿Infectado de qué?

—Debemos descartar varias cosas... lo peor sería que... —hizo una pausa y apretó la boca—. Supimos que algunas ardillas murieron de rabia el año pasado.

—¡De rabia! —me alarmé—. ¡Eso es muy peligroso!

—Tenemos que descartar cualquier cosa. Mañana debemos atrapar a ese chimpancé a como dé lugar. Por lo pronto Riky está sedado y con antibiótico. Puede pasar la noche aquí.

—Gracias, *doc*.

Después de un rato los jóvenes encendieron una fogata. Nos unimos a ellos.

Miré hacia arriba del hoyo en el que estábamos. Miles de golondrinas visitaban sus nidos en ciertas temporadas. Esta era una de ellas. Creí ver a una mujer hasta la cima del foso. Supe que todo iba a estar bien. La última vez que vi a Ivi, ella se despidió y dijo que yo siempre estaría protegido. Desde entonces me he movido con fe.

La fe es esa virtud que nos hace creer en lo que no vemos, en lo que no podemos comprobar con los sentidos, pero sabemos que está ahí, que es verdad. La fe nos hace soñar y avanzar, sabiendo que no nos va a pasar nada porque Dios nos protege. Sin fe sería imposible vivir. Al menos vivir tranquilo y feliz.

Rodeados por la calidez de aquel campamento y el murmullo reconfortante de la naturaleza y las golondrinas nos explicaron que la fe es la virtud de los soñadores. Hicimos el ejercicio de cerrar los ojos y viajar al futuro con la imaginación. Los líderes nos llevaron a repasar todas las áreas de nuestra vida. Y nos dijeron:

—Dentro de veinte años ¿dónde vas a estar? ¿En quién te habrás convertido? ¿Cómo será tu vida, tu familia, tu pareja? ¿Tendrás dinero, prestigio, profesión?

Cada uno, con los ojos cerrados, dibujamos ese futuro en la mente. El futuro más hermoso posible. Y lo vimos con fe. Por primera vez pensé en la familia que algún día formaré y en mi posible esposa... Imaginé a una mujer hermosa, segura de sí misma, atlética, aventurera, inteligente... Una mujer como...

Entreabrí los ojos y vi a Steffi.

Me ruboricé.

Ella también me estaba viendo.

LA PUERTA DEL ÚLTIMO PISO

UN CAMPEÓN PRÁCTICA EL VERDADERO LIDERAZGO

Entre sueños escuché una trompeta, como llamado del ejército. Me desperté.

—¡Arriba todos! ¡Comienza un gran día!

Los líderes del campamento nos reunieron al centro del valle. Explicaron:

—Van a subir corriendo hasta la cima del foso. Después van a bajar a toda velocidad. Tres veces. Subirán y bajarán juntos. En equipo. Si alguien se atora lo ayudarán. Demostrarán su verdadero liderazgo haciendo que todo el grupo complete la ruta en el menor tiempo posible. ¿Entendieron?

—¡Señor, sí señor! —gritaron todos; ¡era un campamento tipo militar!

Comenzamos la escalada. Steffi y otros tres jóvenes tenían, por mucho, la mejor condición física. Ellos marcaron el ritmo, pero también nos dieron ánimo a los que nos faltaba el aire.

Aprendí algo interesante: que la cadena se rompe por el eslabón más débil y que es justamente al más frágil de un equipo a quien los líderes deben cuidar.

Casi siempre se dice *compitan y que gane el mejor*, pero esta vez se nos hizo pensar diferente:

Un líder da buen ejemplo, se interesa por todos los integrantes de su grupo o familia, señala el camino, marca el ritmo, ¡pero no se adelanta! Aconseja a los débiles y les enseña a ser fuertes.

La prueba exigió de nosotros no solo fuerza física sino también mental. Fue extenuante. Al terminar, con los músculos aún temblando por el esfuerzo y la respiración agitada, nos reunimos en un círculo para intercambiar ideas.

Después repartieron sándwiches. El desayuno, aunque sencillo, nunca me había sabido tan bien.

Entonces vimos que dos personas estaban descendiendo por el terraplén del foso. Era el veterinario y un ayudante. Se unieron a nosotros. El líder del campamento anunció:

—Tenemos algo muy importante que decirles. Como saben, ayer por la tarde llegaron Riky, Felipe y Steffi. A Riky lo mordió un mono y tuvo una reacción muy peligrosa. Ustedes lo vieron. Llegó aquí inconsciente. Le cosimos diez puntos en la herida —hizo una pausa y notificó—. Es importante y urgente que atrapemos ese mono; por eso está aquí nuestro amigo veterinario. Necesitamos descartar que el chimpancé tenga rabia o cualquier otra enfermedad. ¿Quién de ustedes se une a la expedición para atraparlo?

Todos los jóvenes levantaron la mano y gritaron "señor, sí señor". Miré el redondel. Eran nueve: seis hombres y tres mujeres. Agregando a Steffi, a mi hermano y a mí, éramos doce. El médico dijo:

—Ahora les tengo que decir otra cosa. El mono atacó a Riky dentro de una casa. Seguramente sigue ahí. Es un lugar del que todos han oído hablar. La Casa Hoffman...

Esta vez nadie saltó para apuntarse. Hubo un momento de vacilación y nerviosismo.

—¿Quién va?

Se escucharon murmullos. Buscar al chimpancé ya era una tarea peligrosa, ¿pero irse a meter a una casa embrujada?, eso era otra cosa.

Esta vez solo cinco jóvenes levantaron la mano. Rik, Steffi y yo también. El resto prefirió no enfrentar la leyenda terrorífica del pueblo.

—Riky, tú no puedes ir. Debes descansar. Ustedes siete, vámonos.

Subimos al bosque y empezamos la caminata.

Tardamos como treinta minutos en llegar, pero la marcha estuvo cargada de un silencio tenso. Al fin, la imponente mansión se alzó frente a nosotros.

Nadie se animó a avanzar.

—Es solo una casa —dijo el médico.

—Claro —Steffi tomó la delantera con determinación. Llegó hasta el portón y empujó. Esta vez no se abrió. Estaba atrancado.

—Qué raro —dijo—. Las dos veces que vinimos, la puerta estaba abierta.

—¿Vinieron dos veces? —preguntó uno de los jóvenes.

—Sí. En el comedor hay una ventana sin cristal. Alguien puede entrar por ahí y abrirnos.

Todos voltearon a verme.

No me gustó la idea de entrar solo por la ventana, pero asentí fingiendo un valor que no tenía.

Me levantaron y trepé. Caí en el interior polvoriento y sombrío.

El silencio dentro de la casa era denso, casi palpable. Sin mirar alrededor, caminé hacia la entrada. Había una madera que trababa el portón. La quité. Abrí. Se escuchó el horrible rechinido.

La acción de abrir la puerta desde adentro fue simbólica, un gesto de invasión a un espacio que alguien o algo había querido mantener cerrado.

Con el grupo reunido en el interior, la casa embrujada se llenó de una nueva vibración.

—Miren —dijo Steffi—, ayer, en esa mesa, había una lata de atún vacía y un plato sucio. Ya no están. Alguien, o algo, los recogió. Y no es un mono.

—Claro que no es un mono —dijo el médico—. Aquí hay personas.

—O fantasmas —comentó un joven.

—¿Fantasmas que comen atún?

—Bueno —expliqué con voz temblorosa—. Creemos que aquí se esconde la dueña del chimpancé. Trabajaba en el circo. Es la esposa del domador. Toda la semana ha estado perdida. Salió en busca de su mascota.

—Vamos a dividirnos en parejas —dijo el veterinario—. Exploren cada habitación. El chimpancé debe estar escondido en cualquier rincón. Si ven algo, griten.

Alguien preguntó:

—¿Y si encontramos un vampiro o un fantasma?

—También griten.

Todos reímos.

Nos dispersamos por la casa adentrándonos en la penumbra. Los sonidos de nuestros pasos y los crujidos de la madera vieja llenaban el silencio mientras buscábamos detrás de cada puerta cerrada.

Una de las mujeres gritó a todo pulmón:

—Aquí está. ¡Vengan todos! ¡Lo encontré!

Corrimos.

El mono estaba en una recámara debajo de la cama. Pero no se movía.

—¿Qué hacemos? —preguntó un joven—, ¿lo jalamos?

—¡No! —dijo el veterinario—. Ayúdenme a mover la cama.

Movimos el colchón, despacio. El mono estaba dormido, o desmayado o muerto. El veterinario se acercó y le tomó el pulso.

—Está vivo —dijo—, se ve deshidratado —lo inyectó—. Vamos a envolverlo con esta sábana. Si despierta debemos contenerlo. Hay que llevarlo a la clínica.

Tomamos la sábana de la cama y envolvimos al mono. El veterinario le amarró las manos y pies. No se movió. Hicimos un bulto para cargarlo.

De pronto, algo nos heló la sangre. Esta vez fue el grito sofocado de una mujer adulta.

—¿Dónde están?

Su voz profunda rebotó en las paredes con eco fantasmal.

—Estamos aquí —contestó el doctor—. ¿Quién eres?

—¿Dónde aquí? —ahora fue la voz de un hombre.

Steffi los reconoció. Salió de la habitación y bajó corriendo las escaleras.

—¡Papás! ¡Aquí estamos! ¡Qué bueno que llegaron!

Bajamos. Abracé a mis abuelos.

Acababan de llegar de viaje. Fueron al *foso de las golondrinas* y ahí les explicaron que estábamos en la Casa Hoffman.

Steffi los puso al corriente:

—En esa sábana, envuelto, llevamos al chimpancé que mordió a Riky. Pero creemos que la dueña del mono también está en la casa, porque encontramos rastros de comida. Tal vez esté atrapada o enferma.

—¿Ya revisaron la casa completa? —preguntó el abuelo.

—Casi —dijo un joven—, solo el último piso está cerrado.

—¿Cerrado?

—Hasta arriba hay una puerta que no se abre. Quisimos entrar. No pudimos.

—Vamos.

Sentí mareo. Un pensamiento raro me conmocionó. ¡Aquí había un problema! ¡Algo no estaba bien!

El grupo comenzó a subir las escaleras. Me quedé atrás. Al frente iban mi abuelo y el doctor. Llegaron al último piso.

—Vamos a romper la cerradura —escuché que dijeron.

Entre todos comenzaron a golpear la puerta.

Cerré los ojos tratando de controlar el mareo. Recordé las palabras que dijo el enano del circo. "Yo estoy bien porque encontré donde esconderme; y me cuidan; soy el nuevo Manolito".

¿Qué había querido decir? ¿El enano encontró donde esconderse? ¿Dentro del circo? ¿Alguien lo cuidaba y lo trataba como...? ¿el nuevo Manolito? ¡No podía ser cierto!

Comencé a sofocarme.

Manolito era la mascota de la mujer que buscábamos. ¿Y el enano dijo que "alguien lo cuidaba como Manolito"?

¡Era eso! Sentí un escalofrío. ¡La mujer de Cachalote nunca huyó al bosque! ¡Siempre estuvo en el circo! ¡Escondida! ¡El enano se escondió con ella! Y ella lo cuidó cuando estuvo lastimado...

¡Dios mío! ¡Habíamos estado buscando a una mujer que nunca se perdió!

Siguieron golpeando la puerta hasta que la abrieron. Yo estaba aterrado. Una exclamación repentina cortó el aire tenso y expectante.

—¡No puede ser! —exclamó mi padre.

Steffi gritó. Esta vez su grito fuerte y agudo resonó a través de los pasillos generando un eco aterrador. Mis latidos se aceleraron y un estremecimiento recorrió mi espina dorsal.

Subí los escalones que me faltaban.

Oí que mi abuela lloraba.

Me abrí paso. Entré a la habitación. Lo que vi me dejó petrificado.

Al fondo de un enorme cuarto, en el suelo, mis abuelos y Steffi abrazaban a alguien. Entonces escuché:

—Te hemos buscado por todo el mundo. ¿Qué haces aquí, Max?

MAX

UN CAMPEÓN VALORA A LA FAMILIA

Steffi y sus padres estuvieron abrazando y acariciando a Max por un largo rato. Al fin lo ayudaron a levantarse. Se veía enfermo. Todos lo acompañamos al bajar las escaleras dándole ánimos. No entendíamos que hacía en ese lugar.

Salimos de la Casa Hoffman.

El camino de regreso fue un viaje lleno de apoyo y fraternidad. Max iba escoltado por sus padres y amigos, envuelto en una cobija que le habían echado encima. En otro grupo iba el veterinario con el chimpancé.

Steffi y yo nos quedamos al final compartiendo un silencio lleno de preguntas. A pesar de las dudas, nos sentíamos contentos. Dije:

—Estoy en shock.

—Sí —contestó ella—, todos lo estamos... No puedo creer que al fin encontramos a mi hermano.

Tampoco yo lo creía. Max le había causado demasiada angustia a la familia por casi medio año. Todos pensaban que había muerto. Por eso mis abuelos y padres lo habían estado buscando con tanta desesperación. Reflexioné:

—Nunca entendí por qué huyó.

Steffi disminuyó el paso dejando que el grupo se adelantara. Me explicó con voz confidente:

—Max es siete años más grande que yo. Se enamoró de una chica que le rompió el corazón. Quiso reconquistarla, pero ella tenía otra pareja. Max insistió. Siguió persiguiéndola y ella lo denunció. Max se obsesionó todavía más y el hombre con el que ella estaba lo golpeó. Max se enganchó en una lucha pasional que acabó destruyéndolo física y moralmente. Cayó en una profunda depresión. La vida perdió sentido para él. Entonces desapareció. Temíamos lo peor —suspiró.

—Lo bueno es que ya está aquí.

—Sí —se quedó pensando con la vista fija—. ¿Viste cómo nos estrechó a mí y a mis papás? No nos soltaba. Está muy necesitado de amor —sus pasos disminuyeron hasta que acabó deteniéndose—. Parece enfermo de cuerpo y alma.

¡Pero quiere sanar! Nos lo dijo al oído. Tenemos que ayudarlo. Es un gran reto. Sobre todo, para mí. Me gustaría convertirme en su verdadera hermana.

La miré. Ella era una fuente de inspiración. Su capacidad para ver el lado positivo de las cosas y encontrar la fuerza en los obstáculos me asombraba. Tenía un corazón noble y una sabiduría que superaban su corta edad. Me acerqué a ella despacio y la abracé. Se dejó abrazar. Sentí su emoción vibrante, como alguien que ha tenido una gran presión y necesita ser consolado.

—Gracias por tu apoyo, Felipe.

—Siempre.

Seguimos caminando a la cabaña.

Esa noche la casa de los abuelos estuvo llena de visitantes del pueblo. Médicos, amigos y curiosos. También llegaron mis padres.

Cuando la gente se fue, nos quedamos solamente la familia alrededor de la chimenea.

—Qué curioso —dijo mi mamá tomando de la mano a su hermano Max—, hace unos días celebramos el cumpleaños de Rik en la ciudad. Al final de la fiesta estábamos los mismos que estamos aquí, hablando de ti. Deseando que estuvieras bien.

—Perdónenme... —contestó Max—, sé que les causé muchas preocupaciones.

—No te imaginas cuántas —dijo el abuelo.

—Perdónenme —repitió—. Tuve unos meses muy difíciles. Me metí en problemas y no quise ponerlos en peligro a ustedes.

—¿De qué hablas, hijo? —preguntó la abuela.

—Me enamoré de la mujer equivocada —explicó—, era mi compañera de posgrado en la universidad; me obsesioné demasiado, sin embargo, ella tenía otra pareja, un hombre malvado que me golpeó. Todo hubiera terminado ahí, si yo lo hubiera olvidado y dejado pasar. Pero no lo hice. Me vengué de ese hombre, y él amenazó con hacerle daño a mi familia. Por eso me fui.

No quiso dar más datos. Tampoco nosotros se los pedimos.

—¿Y ya se arregló el problema? —preguntó Steffi.

—Sí. Ya nadie corre peligro. Po eso les mandé un email a ustedes, papás, diciéndoles que necesitaba verlos...

—Lo recibimos —dijo mi abuelo—, una semana tarde. El correo electrónico decía que volverías a tu lugar de origen. ¡Y tu mamá y yo viajamos a la ciudad donde creciste!

—No puede ser. Qué malentendido. ¡Mi lugar de origen es este, aquí, la cabaña! Y regresé. Solo que no encontré a nadie. La casa estaba cerrada.

—Habíamos ido a celebrar el cumpleaños de Rik a la ciudad.

—Sí. Supuse que estaban de viaje. Como me he sentido muy solo y triste los últimos meses quise reencontrarme con el bosque. Tú nos has enseñado a amarlo, papá. Y me metí a caminar entre los árboles por horas. Fue reconfortante. Pero se vino un aguacero terrible. Cayó granizo y llovió torrencialmente. Me refugié en la Casa Hoffman. Yo nunca he creído en fantasmas. Encontré una alacena con agua embotellada y comida enlatada. Luego descubrí a un chimpancé herido que también se guarecía ahí; me costó trabajo acercarme a él porque estaba muy irritable. Le puse una venda y le di de comer. Como los dos estábamos débiles, decidí quedarme un tiempo y recuperarnos.

El relato de Max nos tenía extasiados. Siguió contándonos más detalles. Nos invadía la sensación de alegría y emoción por estar juntos. Ese reencuentro, en medio de circunstancias tan extraordinarias era un recordatorio poderoso de que el amor nos da esperanza, aun en los momentos más oscuros. Comprendíamos que juntos podemos superar cualquier obstáculo, y que la familia es un tesoro invaluable, una fuente de consuelo y motivación, incluso cuando las cosas no son claras y nos hace falta fuerza para seguir adelante.

Mi abuelo concluyó:

—Es un milagro y una maravilla que estemos juntos de nuevo, hijo. Pero ahora tengo otra preocupación que no me deja dormir. Tu madre y yo invitamos a pasar unos días aquí a un compañero de Felipe. Se llama Lobelo. Un chico con muchos problemas al que queríamos ayudar. Lobelo se escapó con la gente de un circo. Tengo que ir a buscarlo.

—Yo te acompaño —le dijo Max.

Nadie más se ofreció.

NOCHE DE ESTRELLAS

UN CAMPEÓN VALORA LA AMISTAD

Con los pies descalzos sobre la hierba húmeda, Steffi y yo nos sentamos bajo el cielo nocturno.

Miles de estrellas centelleaban en el lienzo oscuro del universo.

—Nunca te lo he dicho —confesé—, pero no me gusta que me digas *primo*.

—¿Por qué no te gusta, *primo*? —rio.

Quise contestar: "porque los primos no pueden ser novios ni se casan". En vez de eso, cambié el tema:

—Mañana nos vamos de regreso. Y no me quiero ir.

—Yo tampoco quiero que se vayan. Lo bueno es que el chimpancé no tenía rabia y Riky ya está recuperado de la mordida.

—Sí... —suspiré—. Qué días tan intensos ¿no te parece? Nunca creí que mi abuelo encontrara a Lobelo.

—Bueno. Papá consigue cualquier cosa que se propone. Lo que nos platicó es asombroso —volvió a relatarlo—. Estuvo persiguiendo al circo durante una semana. Fue con policías y personal de la sociedad protectora de animales. El circo estaba escondido. No lo habían vuelto a instalar. Rescataron a los animales maltratados. Pero lo más impresionante fue lo que pasó con Lobelo. Cuando vio a mi papá lo abrazó y le pidió perdón. Lobelo se dio cuenta de que había cometido un error al irse de malabarista. Quiere regresar a la ciudad y volver a la escuela.

—Mi abuelo es increíble —comenté—. Logra lo que nadie.

—Sí.

Permanecimos en silencio viendo las estrellas.

En el pueblo se corrió la noticia de lo que había sucedido en la Casa Hoffman. Los jóvenes del campamento anunciaron que no había fantasmas. Y la gente comenzó a ir. Ese sitio, antes temido y rodeado de misterio, se llenó de gente. Los visitantes movidos por la curiosidad de las leyendas oscuras exploraron cada rincón. En efecto, no había sarcófagos de vampiros, ni espíritus en pena, ni ningún otro elemento sobrenatural. Era solo una construcción abandonada. Eso sí. Estaba llena de maniquíes. La casa fue construida por un empresario alemán del siglo antepasado que confeccionaba ropa y usaba esos maniquíes para probar sus modelos. Los armazones de forma humana habían dado lugar a las leyendas de sombras y fantasmas.

—¿Sabes que la gente del pueblo decidió demoler la vieja mansión? —dijo Steffi.

—Qué bueno.

Aunque la estructura de madera vieja y deteriorada representaba un peligro potencial, en realidad la gente quería liberarse de las tinieblas que la casa embrujada había proyectado durante generaciones. Se trataba no solo de demoler una vieja construcción inservible sino de derribar supersticiones que no nos dejan crecer.

—La pasé bien contigo estas semanas —la voz de Steffi era suave, apenas un susurro triste llevado por el viento nocturno.

—Yo también.

Bajo la cúpula celestial, nuestra pequeñez y la inmensidad del universo se hicieron evidentes. Tal vez fue la serenidad de ese momento lo que incitó a Steffi a abrir su corazón.

—Nunca te conté cómo quedé huérfana —tomó aire profundamente; sus ojos humedecidos reflejaban el brillo plateado de la luna—. Mis verdaderos padres eran amigos de tus abuelos. Adoraban el cielo tanto como amaban la tierra. En cada aniversario de bodas se elevaban por encima de las nubes, como un ritual. Iban al pueblo del sur donde rentaban un globo aerostático —su voz se quebró—. A veces yo subía con ellos. Pero esa ocasión no lo hice. Estaban cumpliendo diez años de casados. Me quedé con tus abuelos en tierra para tomarles unas fotografías a mis papás desde abajo. Planeaban saludarnos y desplegar una manta que decía "por siempre juntos". Pero aquel día el clima cambió rápido. Las nubes se oscurecieron, el viento sopló con una fuerza que nunca habíamos experimentado. Intentaron controlar el globo. Fue en vano. El viento se lo llevó. Y reventó. Cayó como a diez kilómetros de distancia.

Vi una vulnerabilidad en Steffi que no había visto antes. Detrás de su valentía, había tristeza. Aun así, su alma no estaba quebrantada. Se aferraba a los recuerdos felices.

Quise decirle algo que pudiera aliviar su dolor, pero no encontré palabras. Entonces, en lugar de palabras, extendí mi mano y encontré la suya. En ese silencio compartido, traté de transmitirle mi apoyo. Quise decirle *no estás sola*.

—Valoro mucho tu amistad —murmuró como si me hubiera leído la mente.

Nuestra amistad era un consuelo en sí misma, un faro silencioso en la oscuridad de la tormenta.

Los dos éramos campeones. Teníamos toda la vida por delante. Habíamos comprendido que el futuro no sería fácil. Enfrentaríamos desafíos y tropiezos. Luchas y quebrantos. Pero siempre nos levantaríamos y seguiríamos adelante. Nada nos podría vencer.

El manto estrellado parecía estirarse hasta el infinito, la Vía Láctea dibujaba un sendero de luz en el oscuro lienzo de la noche.

Nos pusimos de pie.

Caminamos de regreso a la cabaña.

SOBRE ESTAS GUIAS

SANGRE DE CAMPEÓN 2

- ES IMPORTANTE QUE EL JOVEN LECTOR DESTINE UN CUADERNO ESPECIAL PARA ESCRIBIR LAS RESPUESTAS, HACER LOS EJERCICIOS Y DIBUJOS. DEBERÁ IR CONFORMANDO UNA COLECCIÓN DE EJERCICIOS VALIOSOS EN ESE CUADERNO.
- Para cada capítulo del libro deberá usar una hoja nueva, escribir el título del capítulo y contestar la guía.
- Cuando se le pida que escriba una carta o una nota para dársela a alguien más, deberá conservar una copia en su cuaderno.
- Si el joven lector es de primaria alta o secundaria, estas guías deberán contestarse con ayuda y guía de un maestro o papá.
- Las guías también tienen una gran utilidad para jóvenes mayores e incluso adultos. Vale la pena usarlas en cursos de liderazgo y valores.
- Cada capítulo consta de diez preguntas, cinco sobre comprensión lectora y cinco sobre reflexión y aplicación de los temas aprendidos.
- Contestar las preguntas y hacer los ejercicios de manera adecuada deberá tomarle al alumno alrededor de una hora.
- Es muy recomendable que el maestro motive al joven lector a contestar las preguntas y realizar los ejercicios de forma cuidadosa. Eso le traerá un gran progreso como persona.

PON LO MEJOR DE TI EN LAS RESPUESTAS
Y EJERCICIOS.
VERÁS EL RESULTADO.

CAPÍTULO 1
UN CAMPEÓN NO SE QUEDA CALLADO

LO QUE ENTENDÍ, LEYENDO:

1. ¿Qué miedos enfrenta Felipe al hablar frente a sus compañeros?
2. ¿Por qué se burlan de él?
3. ¿Por qué la maestra considera real la historia de Felipe?
4. ¿Qué le aconseja la maestra a Felipe?
5. ¿Por qué crees que hay personas que se burlan de los que se atreven a hacer cosas nuevas?

LO QUE HARÉ:

1. Haz un dibujo que ilustre la frase: *Tengo algo que decir, no me quedaré callado.*
2. Escribe: ¿Qué situaciones, en tu escuela o casa, no te gustan y quisieras que cambiaran?
3. Escribe: ¿A quién deberías explicarle lo anterior, y por qué no lo has hecho?
4. Escribe una carta a la persona que podría ayudarte a que las cosas mejoraran en tu casa o escuela. Cuando la escribas, recuerda siempre: *tengo algo que decir, no me quedaré callado*.
5. Manda la carta y después busca la oportunidad de platicar con esa persona.

PODEMOS ser GRANDES porque ← → PODEMOS SERVIR

LO QUE ENTENDÍ, LEYENDO:

1. ¿Por qué Lobelo llegó a vivir al autolavado?
2. ¿Cómo imaginas su vida en ese lugar?
3. ¿Por qué crees que Titán es agresivo?
4. ¿Por qué es importante valorar lo que tenemos y a quiénes tenemos cerca?
5. ¿Qué significa *ponerse en los zapatos de otro*, y eso para qué nos sirve?

LO QUE HARÉ:

1. Haz un dibujo que ilustre la frase: *Un campeón sabe ponerse en los zapatos de otro.*
2. Escribe el nombre de una persona cercana con la que no te llevas muy bien o con la que hayas tenido problemas. Frente a su nombre, anota qué es lo que no te gusta de esa persona.
3. Haz el ejercicio mental de comprender a esa persona. Escribe cuáles crees que sean los miedos y problemas que tiene y qué se sentiría estar en sus zapatos.
4. Escribe un mensaje para esa persona en la que le digas que la comprendes y que no le guardas rencor.
5. Ponte de pie, ve con esa persona y léele tu mensaje. Haz las paces con ella.

CAPÍTULO 3
UN CAMPEÓN DEMUESTRA GRANDEZA HUMANA

LO QUE ENTENDÍ, LEYENDO:

1. ¿Cómo cambió la relación de Felipe con su hermano después de la enfermedad de Riky?
2. ¿Quién es Max y qué le pasó?
3. ¿Qué es el *retiro de carácter* y para qué lo hacen los abuelos?
4. Da ejemplos de cómo se demuestra la grandeza humana.
5. Explica por qué todos podemos ser grandes.

LO QUE HARÉ:

1. Ilustra con un dibujo o fotografías la frase: *Podemos ser grandes porque podemos servir*.
2. Haz este ejercicio con tu familia: Revisen sus armarios y junten ropa que no utilizan, pero que está en excelente estado. Revisa tus juguetes y decide regalar algunos de ellos. Armen una despensa.
3. Organicen la visita a un orfanato, a un asilo, o a un lugar donde haya personas con necesidad. Llévenles las cosas que recolectaron. También hablen con ellas, denles esperanza a través de las palabras.
4. Relata todo lo que hiciste, sucedió y aprendiste en el ejercicio anterior.
5. Busca el discurso de Martin Luther King "Tengo un sueño" y explícalo.

CAPÍTULO 4
UN CAMPEÓN ENSEÑA CON SUS ACTOS

LO QUE ENTENDÍ, LEYENDO:

1. ¿Por qué Steffi se siente mal ante la situación de Max?
2. ¿Por qué Steffi admira a sus padres adoptivos?
3. ¿Qué piensa Steffi de los ángeles?
4. ¿Qué le asusta a Felipe sobre la Casa Hoffman?
5. Da cinco ejemplos de cómo podemos enseñar a través del ejemplo.

LO QUE HARÉ:

1. Pega algunas ilustraciones o fotografías que representen la frase: *Un campeón enseña con sus actos.*
2. Realiza en tu cuaderno una lista de las enseñanzas más importantes que has recibido de tus abuelos, tus tíos, padres y maestros.
3. Ahora, escribe qué enseñanzas das tú a los demás.
4. Escribe una lista de propósitos que te harás para dar buen ejemplo a los demás.
5. Acércate a las personas que han dejado huella de valor en tu vida y agradéceles por el ejemplo que te han dado.

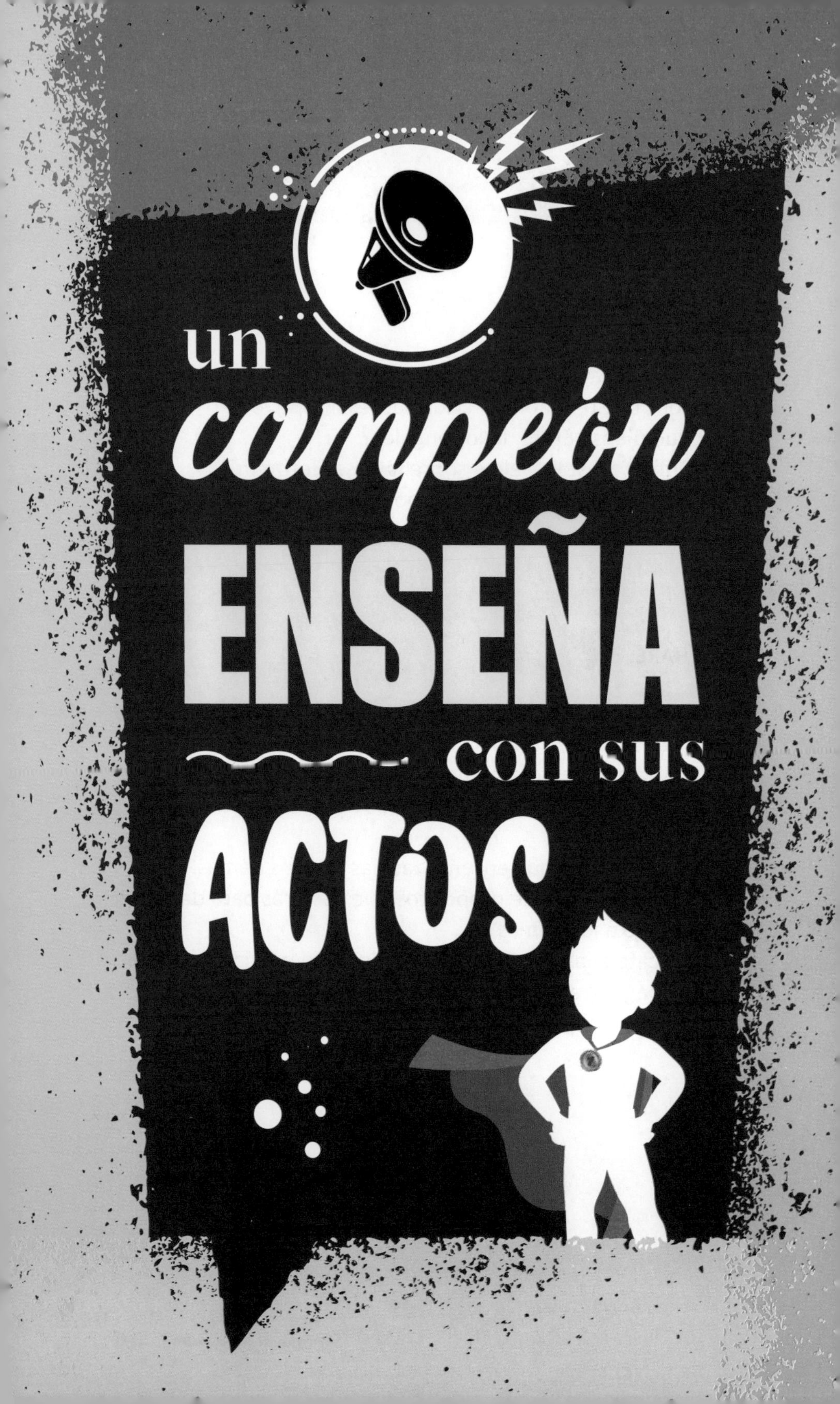
un
campeón
ENSEÑA
con sus
ACTOS

CAPÍTULO 5
UN CAMPEÓN ENFRENTA SUS TEMORES

LO QUE ENTENDÍ, LEYENDO:

1. ¿En qué pasa su tiempo Lobelo?
2. ¿Cómo reaccionan Felipe y Steffi ante la actitud de desprecio de Lobelo?
3. ¿Por qué le cuesta tanto a Felipe acercarse a Titán?
4. ¿Qué debemos hacer para enfrentar los temores?
5. ¿Por qué le tenemos miedo a lo que no conocemos, o a los peligros que la mente exagera?

LO QUE HARÉ:

1. Realiza una lista de aquellas cosas o situaciones que te dan miedo.
2. Reflexiona y escribe dónde nació el miedo a cada una de ellas.
3. Propón ideas para poder enfrentar esos temores (uno a la vez).
4. Haz un dibujo que se titule "El miedo".
5. Pega algunas ilustraciones o fotografías que ilustren la frase: *Un campeón enfrenta sus temores.*

LO QUE ENTENDÍ, LEYENDO:

1. ¿Por qué Felipe no quería que Lobelo apareciera en la fiesta?
2. ¿Qué hizo el abuelo de Felipe al conocer a Lobelo?
3. ¿De qué crees que hablaron el abuelo y Lobelo?
4. ¿Por qué decimos que, en una familia, los problemas de uno son los de todos?
5. ¿Cómo podemos adaptarnos cuando los problemas no se pueden resolver?

LO QUE HARÉ:

1. Escribe los problemas de tu familia que, hasta ahora, no se han solucionado.
1. Escribe cómo puedes tú y tu familia adaptarse a la situación.
2. Escribe de qué forma, si te adaptas a nuevos retos o a nuevas circunstancias, te puedes volver una mejor persona.
3. Haz un dibujo que se llame *Adaptación*.
4. Pega algunas ilustraciones o fotografías que ilustren la frase: *Un campeón se amolda a los nuevos retos*.

CAPÍTULO 7
UN CAMPEÓN MANTIENE BUENA ACTITUD

LO QUE ENTENDÍ, LEYENDO:

1. ¿Cuál es la actitud de cada uno de los personajes después del accidente?
2. ¿Por qué piensas que Lobelo peleó con Felipe?
3. ¿Qué dice el manual de carácter sobre la actitud?
4. Según el manual, ¿qué son los problemas y cómo se resuelven?
5. ¿Qué quiere decir la frase: *La vida es como un sube y baja, a veces estamos arriba y a veces abajo*?

LO QUE HARÉ:

1. Escribe lo que hiciste en un día desde que te levantaste hasta que te dormiste e identifica, paso a paso, las actitudes buenas y malas que tuviste.
2. ¿Qué te desencadena tus actitudes negativas?
3. ¿Qué puedes hacer para mejorar tus actitudes?
4. ¿Cómo puedes ayudar a tus amigos y familiares para que tengan una mejor actitud ante los problemas?
5. Haz un dibujo que ilustre esta idea: *Un campeón mantiene buena actitud*.

CAPÍTULO 8
UN CAMPEÓN SOPORTA LAS INCOMODIDADES ÚTILES

LO QUE ENTENDÍ, LEYENDO:

1. ¿Qué imaginas que se quedó pensando Lobelo mientras estuvo solo en la carretera?
2. ¿Qué advertencia le dio el abuelo antes de subirse al auto?
3. ¿Por qué Lobelo necesita dormir con Titán?
4. ¿Qué le dijo el abuelo en la cena a los muchachos?
5. ¿Qué quiso decir el abuelo cuando expresó: "Si estamos incómodos, molestos y adoloridos, nuestra misión es aguantar y mantenernos alegres porque el éxito nunca sucede en la zona de comodidad"?

LO QUE HARÉ:

1. Dibuja o ilustra algunas de las frases de lo que el abuelo dijo durante la cena.
2. Hoy debe ser un día CERO QUEJAS. Echa en tu bolsa un puño de ligas. Cada vez que te quejes de algo ponte una liga como pulsera.
3. Anota cuántas ligas te pusiste en un día y por qué te las pusiste.
4. El próximo trabajo, entrenamiento deportivo o artístico hazlo aguantando la incomodidad al *máximo*.
5. Escribe los beneficios que obtuviste al mantenerte alegre en ese esfuerzo.

LO QUE ENTENDÍ, LEYENDO:

1. Después de leer el capítulo explica ¿qué significa la palabra *conquistar*?
2. ¿Por qué a Lobelo le molestó tener que ir al bosque con Felipe?
3. ¿Qué debían hacer los personajes para conquistar el bosque?
4. ¿Por qué se dice que, si amas algo, lo arreglas, lo mejoras y le pones parte de ti?
5. ¿Qué significa la frase: *Nosotros podemos añadir valor a nuestro alrededor*?

LO QUE HARÉ:

1. Ponte de pie con una pareja y caminen para repasar todo lo que hay en su salón de clases y en la escuela. Detecten cómo pueden *conquistar* ese lugar.
2. Siéntense en círculos y cuenten la experiencia anterior.
3. Después, camina por tu casa; observa el lugar y a los miembros de tu familia. Detecta cómo puedes conquistarlos. Haz algo para añadir valor a tu familia.
4. Párate al frente de tu clase y explica lo que aprendiste sobre cómo conquistaste a tu familia.
5. Pega algunas ilustraciones o fotografías que ilustren la frase: *Un campeón es un conquistador*.

PODEMOS
★ AÑADIR VALOR ★

a

NUESTRO ALREDEDOR

LO QUE ENTENDÍ, LEYENDO:

1. ¿Por qué los abuelos debieron irse de la cabaña?
2. ¿Qué sintieron los personajes cuando se quedaron solos?
3. ¿Cómo descubrió su vocación el veterinario?
4. ¿Por qué se dice que el respeto por los animales engrandece a las personas?
5. ¿Cuáles son los tres tipos de personas que cometen actos de crueldad?

LO QUE HARÉ:

1. Escribe en qué situaciones alguien te ha molestado y cuáles son los tres tipos de personas que participaron.
2. Escribe un reglamento para tu salón de clases en el que se prohíba molestar a los demás.
3. Trabaja en equipos para unir las ideas y lograr un reglamento de "no molestarse entre compañeros" en el que todos estén de acuerdo.
4. Así como el veterinario decidió su vocación desde niño, ¿qué te imaginas que podrías ser de grande y por qué?
5. Habla con alguna persona adulta a quien admires. Pregúntale cómo descubrió su vocación. Haz una presentación de esa entrevista con fotografías. Explícala en el salón de clases.

Tengo algo que decir, NO me quedaré callado

CAPÍTULO 11
UN CAMPEÓN TIENE INICIATIVA

LO QUE ENTENDÍ, LEYENDO:

1. ¿Por qué el veterinario dudó de que hayan visto a un chimpancé?
2. ¿Por qué, aunque está prohibido el uso de animales en circos, algunos sí lo hacen?
3. ¿Cómo lograron los personajes entrar a trabajar al circo?
4. Según la lectura, ¿qué es tener iniciativa?
5. Según el libro, ¿cómo se comporta una persona perezosa y apática?

LO QUE HARÉ:

1. Haz un dibujo que se titule "Un campeón tiene iniciativa".
2. Ten la iniciativa de hacer algo bueno que se necesite.
3. Escribe lo que aprendiste del ejercicio anterior.
4. Si tienes mascotas en casa, realiza una mejora en sus cuidados y espacio. Si no tienes animales, crea una lista con consejos que ayudan a proteger a los perritos y gatos que andan en las calles sin familia. Describe lo que hiciste.
5. Haz una presentación de ideas que ayuden a proteger a los animales, compártela en tu salón de clases.

LO QUE ENTENDÍ, LEYENDO:

1. ¿Por qué se dice que en el circo de la historia se rompe el espíritu salvaje a los animales? ¿Qué significa eso?
2. Describe cómo te imaginas al Cachalote Domador.
3. ¿Qué es la disciplina?
4. ¿Qué es la paciencia?
5. ¿Qué es la perseverancia?

LO QUE HARÉ:

1. Completa el siguiente cuadro:

SOY DISCIPLINADO:	SÍ	NO	A VECES	QUÉ PUEDO HACER PARA MEJORAR
En mis tareas y estudios				
En el orden				
En mis responsabilidades de casa				
En mi higiene				
En mi alimentación				
En mis relaciones humanas				

2. Dibuja a Cachalote Domador y a los animales del circo.

LO QUE ENTENDÍ, LEYENDO:

1. ¿Qué es el autocontrol y para qué nos sirve?
2. ¿Por qué se perdió Felipe en el bosque?
3. ¿Cómo hizo Felipe para reencontrarse con Steffi?
4. ¿Para qué nos ayuda la planeación?
5. ¿Qué son las tentaciones?

LO QUE HARÉ:

1. El libro dice que debemos plantearnos metas desafiantes y alcanzables. Hagámoslo. Proponte cinco objetivos fuertes y realistas para los siguientes seis meses.
2. Divide los grandes objetivos anteriores en acciones pequeñitas que puedes hacer cada día.
3. Aprende a planear tus días. En la noche, antes de dormir, escribe lo que planeas hacer al día siguiente.
4. Al llegar la noche, revisa si cumpliste lo planeado.
5. Haz un dibujo de tus metas.

UN **CAMPEÓN** **NO** se **DEJA** MANIPULAR

CAPÍTULO 14
UN CAMPEÓN ACTÚA CON PRUDENCIA
(Y NO SE DEJA MANIPULAR)

LO QUE ENTENDÍ, LEYENDO:

1. ¿Cuál era la misión de cada animal en los actos del circo?
2. ¿Por qué el caimán era tan peligroso?
3. ¿Qué es la *prudencia* y que habilidad tienen las personas prudentes?
4. ¿Por qué algunos jóvenes acaban haciendo cosas que no querían hacer?
5. ¿Cómo debes actuar cuando otras personas te presionan a hacer algo malo o imprudente?

LO QUE HARÉ:

1. Haz un dibujo que se ilustre la frase: *Un campeón no se deja manipular*.
2. Qué significa para ti "no dejarse manipular".
3. ¿Alguna vez alguien te ha presionado para que hagas algo malo o imprudente? Relata.
4. ¿Conoces amigos o familiares que a veces hacen cosas malas o imprudentes? ¿Cuáles? ¿Qué les dirías?
5. Trabaja en equipo. Escribe con tus compañeros algunos consejos para aprender a tomar buenas decisiones en la vida. Expongan sus conclusiones.

CAPÍTULO 15
UN CAMPEÓN SABE ELEVAR SU ENERGÍA Y ENFOCARSE

LO QUE ENTENDÍ, LEYENDO:

1. ¿Por qué se enojó Steffi con Felipe?
2. ¿Qué le pasó al enano y cómo lo resolvieron?
3. ¿En qué condiciones estaban los animales?
4. ¿Qué significa "elevar tu energía y enfocarte"?
5. ¿Qué significa "no permitirte sentirte débil o dudoso"?

LO QUE HARÉ:

1. Escribe el recuerdo de alguna situación en el que te salieron mal las cosas porque te faltó energía y enfoque.
2. A partir de ahora, cada vez que sientas dudas o debilidad vas a elevar tu energía y enfocarte. Practícalo todos los días.
3. Comparte tus logros del ejercicio anterior con tus compañeros de clase. Al hablar frente a ellos eleva tu energía y tu enfoque. Que se note.
4. Enfócate en esto: aprende a hacer dibujos usando inteligencia artificial. Haz una ilustración con el tema "elevar la energía y enfocarse"; imprímela y pégala en tu cuaderno.

LO QUE ENTENDÍ, LEYENDO:

1. ¿Cómo se sintió Felipe en el espectáculo?
2. ¿Por qué Cachalote quería retener a Felipe?
3. ¿Para qué le hubiera servido a Felipe ser asertivo?
4. ¿Qué provocó el incendio?
5. ¿Por qué fue importante que hubiera líderes espontáneos en el incendio?

LO QUE HARÉ:

1. ¿Has sentido timidez? ¿Cuándo? ¿Cómo te ha afectado?
2. Realiza una lista de cinco pasos para vencer la timidez. Explícala a tus compañeros.
3. Investiga qué es la asertividad y cómo se usa.
4. Elige a una persona que te haya hecho sentir incómodo y a la que nunca le hayas expresado esa incomodidad. Escríbele una carta expresando tus pensamientos, sentimientos y necesidades de manera directa y honesta, pero también respetuosa. Dale la carta. Quédate con una copia para tu cuaderno.
5. Haz una ilustración usando inteligencia artificial de un joven como tú que se recupera rápidamente de las agresiones y ataques.

UN CAMPEÓN

se amolda a los

a los

NUEVOS RETOS

LO QUE ENTENDÍ, LEYENDO:

1. ¿Por qué se emitió una alerta para que las familias permanecieran en sus casas?
2. ¿Por qué los dueños del circo se escondieron?
3. ¿Por qué Lobelo decidió irse?
4. ¿Cómo trataron los abuelos de convencer a Lobelo de que se quedara?
5. ¿Qué es la resiliencia y cómo podemos ser personas más resilientes?

LO QUE HARÉ:

1. Piensa en tu historia de familia, ¿qué situación de trauma, tragedia o pérdida han vivido y cómo actuaron frente a ella?
2. Describe cómo crecieron como personas y familia después de ese problema.
3. Dale las gracias por escrito a alguien de tu familia que te haya dado un ejemplo de resiliencia y explícale por qué su ejemplo te inspiró.
4. Haz lo mismo en tu escuela: dale las gracias por escrito a alguien de tu escuela que te haya dado un ejemplo de resiliencia y explícale por qué su ejemplo te inspiró.
5. Usando IA, haz una ilustración de alguien que es resiliente. Ahora copiarás esa ilustración con tu lápiz y crearás tu propia versión, parecida pero diferente.

Un campeón mantiene buena actitud

LO QUE ENTENDÍ, LEYENDO:

1. ¿Por qué estaba tan triste el abuelo?
2. ¿Qué le dijo Steffi a su padre adoptivo para consolarlo?
3. ¿Por qué se conmovió Felipe?
4. En pocas palabras, ¿qué le dijo Felipe a Steffi en su carta?
5. ¿Qué es la lealtad?

LO QUE HARÉ:

1. Dibuja, sin usar ningún recurso más que tu imaginación, una ilustración que se llame "Lealtad a la patria".
2. Escribe las razones por las que eres leal a tu país.
3. Escribe las razones por las que eres leal a tu familia.
4. Escribe las razones por las que eres leal a tu escuela.
5. Pensando en los tres escritos anteriores escribe ahora cuáles son tus valores. Qué es lo importante para ti en la vida.

UN **CAMPEÓN** sabe ponerse en los **ZAPATOS DE OTRO**

CAPÍTULO 19
UN CAMPEÓN ES VALIENTE Y COMPASIVO

LO QUE ENTENDÍ, LEYENDO:

1. ¿Cuál fue el primer descubrimiento al ingresar a la Casa Hoffman?
2. ¿Qué le pasó a Riky y por qué crees que sucedió eso?
3. ¿Cómo fue que Steffi paró la hemorragia de Riky?
4. ¿Qué es la compasión y por qué solo pueden sentirla los seres humanos?
5. ¿Qué es la valentía?

LO QUE HARÉ:

1. Haz un dibujo que se llame "Valentía".
2. Busca e imprime fotografías para ilustrar la compasión.
3. Piensa en tu vida y en tus retos. En qué áreas debes ser más valiente.
4. En qué área debes ser más compasivo.
5. Prepara un discurso de 3 minutos sobre la valentía o la compasión. Participa en un concurso de oratoria que organizará tu maestro.

La vida

es como un

sube y baja,

a veces estamos

arriba y

a veces abajo

| Carlos Cuauhtémoc Sánchez

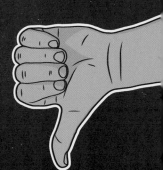

LO QUE ENTENDÍ, LEYENDO:

1. ¿Cómo se dio cuenta Felipe de que aquella mujer era una presencia especial?
2. ¿Qué hallaron al llegar al *foso*?
3. ¿Por qué era tan importante encontrar al chimpancé?
4. ¿Qué es la fe?
5. ¿Cómo nos ayuda tener fe?

LO QUE HARÉ:

1. Cierra los ojos y realiza un viaje al futuro. 20 años. ¿Cómo será tu vida, tu familia? ¿A qué te dedicarás, dónde vivirás? Sueña en grande.
2. Escribe ese sueño como si fuera una realidad hoy.
3. Comparte el texto en clase.
4. Escribe una oración hacia el Ser Supremo en la que le hables de tu sueño. Dile por qué quieres lograrlo. Pídele que te dé vida, fuerza, sabiduría para alcanzarlo.
5. Haz una ilustración con IA que se llame "Fe". Copia esa ilustración con tus recursos y haz tu propia versión, mejorada.

UN CAMPEÓN ENFRENTA SUS TEMORES

LO QUE ENTENDÍ, LEYENDO:

1. ¿Qué lecciones de liderazgo aprendieron los jóvenes al subir y bajar el foso?
2. ¿Cuántos jóvenes había en el campamento y cuántos fueron a buscar al chimpancé?
3. ¿Quién había cerrado la puerta de la Casa Hoffman?
4. ¿Qué crees que le pasó al chimpancé?
5. ¿Qué significa "La cadena se rompe por el eslabón más débil"?

LO QUE HARÉ:

1. ¿Qué líderes de carne y hueso conoces? Describe por qué los admiras.
2. ¿Qué líderes históricos admiras y por qué?
3. A través de lo que has observado en ellos, realiza tu lista sobre diez cualidades que debe tener un líder.
4. Comparte esta lista en tu salón de clases y generen, entre todos, una lista final de las cualidades de los buenos líderes.
5. Haz una ilustración original que se llame "Liderazgo".

Naciste para ser GRANDE

CAPÍTULO 22
UN CAMPEÓN VALORA A LA FAMILIA

LO QUE ENTENDÍ, LEYENDO:

1. ¿Por qué estuvo huyendo Max?
2. ¿Por qué se escondió Max en la casa del bosque?
3. ¿Por qué los papás de Max fueron a buscarlo a otro lugar?
4. ¿Por qué para Steffi era un gran reto el regreso de Max?
5. ¿Por qué es importante que la familia se mantenga unida?

LO QUE HARÉ:

1. Escribe de qué manera tu familia te ha perjudicado.
2. Escribe de qué manera tu familia te ha beneficiado.
3. Cuando formes tu propia familia, ¿cómo te gustaría que fuera?
4. ¿Cuáles son algunas reglas que propondrías para que la familia sea sana y benéfica para todos?
5. Ilustra de manera libre una hoja con el título "La mejor familia".

LO QUE ENTENDÍ, LEYENDO:

1. ¿Por qué Felipe no quería que Steffi lo llamara "primo"?
2. ¿Cómo describirías la amistad entre Felipe y Steffi?
3. ¿Qué crees que hizo cambiar de opinión a Lobelo sobre el circo?
4. ¿Por qué la gente del pueblo se atrevió a visitar la Casa Hoffman?
5. ¿Por qué decidieron derribarla?

LO QUE HARÉ:

1. Escribe una lista de supersticiones tuyas y de gente que conozcas.
2. Explica por qué las supersticiones te impiden crecer.
3. Di un discurso frente a tu grupo, que se llame "Los únicos fantasmas que existen están en tu cabeza".
4. Escribe cuáles son las diez características de una buena amistad.
5. Organiza un festejo especial con los amigos que leyeron este libro contigo. Celebren haber terminado el libro y los ejercicios. En el festejo refuercen su amistad y díganse unas breves palabras de agradecimiento unos a otros.

Serie
Sangre de Campeón

Felipe se enfrenta a enemigos que quieren destruirlo. Esta emocionante obra contiene preguntas de reflexión sobre cómo ser personas exitosas. Sangre de Campeón atrapa, conmueve y enseña.

Itzel viaja a otro país durante un año. Víctima de discriminación y abusos, aprende los cinco principios infalibles para triunfar y lograr sus metas. Una historia intensa de principio a fin.

Owin y Becky, dos hermanos que han sido separados, luchan por reencontrarse. Aprenden a controlar sus emociones, fortalecer su carácter, defender sus derechos, comunicar sus ideas y decir "no" a las influencias nocivas.

En medio de la fiesta, Jennifer sufre una sobredosis. Felipe es el principal sospechoso. A partir de ahí, él y su familia entrarán en una guerra que preferirían no haber vivido. Una historia emocionante y con edición actualizada.